AUTHOR アバタロー
ILLUST. kodamazon

18禁ゲー世界のクズ悪役に転生してしまった俺は、原作知識の力でどうしてもモブ人生をつかみ取りたい

クズレス・オブリージュ

KUZULESSE OBLIGE

CHARACTER

KUZULESSE
OBLIGE

ウルトス・ランドール

18禁ゲーム『ラスト・アルカナム』にて破滅エンドを迎える、ユーザーからも制作サイドからも嫌われたクズ悪役。実は才能に溢れている。

リエラ

ウルトスお付きの美人メイド。献身的で素直な性格。誰よりもウルトスのことを信頼していて、隙あらば『あ〜ん』したいと考えている。

エンリケ

ウルトスに仕える冒険者。元Sランク冒険者で『鬼人』と恐れられていたが、普段のやる気のなさからウルトスからはFランクだと思われている。

イーリス・ヴェーベルン

『ラスアカ』メインヒロインの1人。辺境貴族の娘だが努力家で炎魔法の扱いに長けている。卑怯なことが大嫌い。

ジーク

『ラスアカ』本編の主人公。英雄を目指す平民ですさまじい実力を秘めている。ウルトスも気づいていない秘密があり……？

カルラ・オーランド

『ラスアカ』でトップクラスの人気と魔力を誇るヒロイン。クールな見た目に反して相当ドジなお姉さん。ウルトスの魔法の師匠。

「――あまり、俺のモブをなめるなよ」

そして。よし、じゃあ行こうか、と2人に声をかけようとして後ろを振り向くと、なぜかエンリケは気圧されたような顔をしていた。

「どうかしたのか？」

「い、いや、一瞬急激に魔力が高まったからな」

ちょっとモブに懸ける思いが強すぎて、魔力が漏れ出てしまったらしい。

が、俺は忘れていた。リエラの忠誠心は無限だ、と。

「いえ、ウルトス様！　ウルトス様は昔から何かあるたびに『ビキニアーマー』と仰っていました!!　この不肖メイドリエラ、全身全霊をもってビキニアーマーを着させていただきます!!」

というか、リエラは忠誠心を上げすぎたおかげで、おそらく羞恥心をどこかに置き忘れたのだ、ということを。

「ど、どうでしょうか？」

CONTENTS

KUZULESSE
OBLIGE

18+ GAME

Author:
Abataro

Illustration:
Kodamazon

Design:
Kai Sugiyama

Q.Save Q.Load Save Load Back Log Config Auto Skip

クズレス・オブリージュ

18禁ゲー世界のクズ悪役に転生してしまった俺は、原作知識の力でどうしてもモブ人生をつかみ取りたい

アバタロー

角川スニーカー文庫

23918

プロローグ　クズの目覚め

「何この姿は……」

思わず、俺はそう口に出さずにはいられなかった。

目の前の大きな鏡には、小さい子供が映っていた。仕立てのいい服。だが、明らかに性格の悪そうな眼《め》付き。

要するに、クソ生意気そうなガキである。自分がそんな姿のはずがない。

でも俺は目の前に映っていた人物を見て、ふと思い出してしまった。

「これって……」

いやまさか嘘《うそ》だ、と思うが、現実は非情である。この姿は、この姿は間違いなく……。

「クズトスじゃねえかぁ!!!!!!!!」

この日、部屋いっぱいに俺の悲鳴が響き渡ることになったのであった。

ウルトス・ランドール。

ランドール公爵家の嫡男、という王国内でも強大な権力を有する彼は、18禁ゲーム『ラスト・アルカナム』の中の悪役貴族である。

通称、『クズトス』。

しかも、クズトスの嫌われっぷりは尋常じゃなかった。

簡単に説明すると、クズトスはいわゆる中ボスの悪役貴族である。ブクブクと太った豚のような彼は、魔法学院に入学してきたイケメンの主人公に嫉妬し、様々な嫌がらせを行う。

いや、それだけなら、クズトスは普通の悪役で済んだだろう。しかし、クズトスはそれで終わらなかった。

ヒロインの一人が原作開始前に必死に、「故郷を助けてほしい」と頼むのだが、なんとクズトスはそんなヒロインに対し、「何でボクちんがそんなことをするのさ！　グッフッフ」と小馬鹿にするのであった。

人気の美少女ヒロインを泣かせ、主人公の邪魔をするブサイク。しかも小物で性格が悪い。加えて、一人称は、「ボクちん」。笑い方は「グ〜グフッフッフッフ」という近年まれにみるレベルでダサいキャラである。

こんなキャラクターを、一体どこの誰が好きになるというのか。

こうして、クズトスはダメな方向で圧倒的人気を博した。

制作陣のインタビューでは、「僕もこいつだけは許せません」とゲームの開発陣に名指しされ、数ある二次創作では、異世界転生した主人公がクズトスをボコボコに血祭りにして、幼少期のヒロインのトラウマを癒やすというのが定番のルート。

プレイヤーから稼いだヘイトは凄《すさ》まじく、動画投稿サイトに、『【史上最悪のクズ集】』『【日本ゲーム界に名を残すクズ】』というタイトルで、クズトスがボロボロにされるシーンが投稿され、圧倒的視聴回数を叩《たた》き出したこともある、という。

……しかし、話はこれだけでは終わらない。

他の中ボスキャラは、なんやかんやでゲームを進めていくと主人公勢と和解したり、主人公に協力してくれたり、といいやつになるルートもあるのだが、クズトスに限っては、普段の言動がウザすぎたのか、そんな和解イベントすらないのである。

もうめちゃくちゃである。

弱いくせに邪魔しかしない、ましてやウザイ。こいつのおかげでどれだけゲームプレイでストレスが溜《た》まるのか。

そんなクズトスの末路は、黒幕に操られ死亡というものだ。ランドール公爵家という結構な名家生まれのくせに、平民主人公にボロ雑巾のごとくされるのがオチ。

ちなみに、クズトスが死んでも主人公は特にコメントも出さない。世は無情である。

いやでも、

「待てよ。今は何歳だ？」

と、俺は疑問を口にした。

鏡の中にいるクズトス少年は、たしかに性格がひん曲がっていそうな雰囲気を醸し出してるが、まだそれほど太っていない。

容姿だけ見れば、そんなに崩れていないのである。真《ま》っ直《す》ぐに鏡を見つめる。10歳くらいだろうか？

才能があったクズトス君はこのくらいの年齢から、めちゃめちゃ調子に乗り始める。女性に溺れ、わがまま放題。魔法の勉強もせず、剣の訓練もせず。

そうして不摂生な生活を送った末に、主人公補正の塊にボコボコにされる、立派なクズトスができあがる、というわけである。

──が、

「まだ引き返せるよな？」

と、俺は鏡に問いかけていた。

考えてみれば、だいぶ話は簡単である。要するに、本編のクズトスのクズムーブをすべて避ければいい。そうすれば、死なずに済む。

たしかに恋愛もしたいが、作中のクズトスのように美少女ハーレムを作りたい、というわけではないのだ。俺は純愛が好みなのである。

そう。つまり、逆に生きればいい。

まじめに生きよう。地味に生きよう。ほどほどに鍛え、ほどほどに勉強に励む。主人公パーティーにはなるべく近づかない方向で。

あれだな。目指すは最終回の主人公パーティーの周りで拍手している一般的なモブAである。あれぐらいの立ち位置を目指したい。

「よし」

これからの動きは決まった。拳を握り、もう一度、鏡の中を見つめ直す。

クズトス。悪いが俺はまじめに生きるぞ。

まあ、完全に自分が生き残ることしか考えていないので、俺もクズトスと、そんなに変わらない気もするが……。

まあいいか。


——が、しかし。

俺は甘かった。俺は、大甘だった。

まさか、クズトス少年がここまでクズだとは思わなかった俺は、目の前でガタガタ震えているメイドさんを見て、途方に暮れていた。

「ウルトス様、すみません。私は何か問題を起こしてしまったのでしょうか？　すみません、どうか仕事だけはどうか仕事だけは……家族がいるのです……」

すみません、すみません。

そう言って、ガタガタと震える大人しそうなメイドさん。

「…………」

もちろん俺は微妙な顔で黙っていた。

一言だけ言わせてほしい。

——なあ、クズトス。

お前、ちょっと幼少期からやりすぎじゃない？？？

「すみません、すみません、すみませんすみませんすみませんすみません」と、泣きながら高速で謝り倒すメイドさん。こちらの方がいたたまれなくなる。

彼女の名前は、リエラ。

金髪のロング、涼しげな眼元が印象的なクズトスのお付きのメイドである。

ちなみに、クズトスの好みは巨乳かつ美少女だ。その一点に関しては、俺はクズトスを信頼していた。自分のことを「ボクちん」なんかと呼ぶ人間とは趣味が一致しても、そんなに嬉《うれ》しくはないが……。

まあいいや。

しかし、そんなお姉さん系美少女メイドは顔をこわばらせ、必死に謝っていた。

「いや、その」と一応声をかける。

が、この状況をどうすればいいのか。俺は頭を悩ませていた。

先ほどやる気を出した俺は、まずは状況を把握しなくては、と思い、一番自分を知っているであろうお付きのメイドを自室に呼び出した。

そうして呼び出されたリエラは、その大人しそうな眼に涙を浮かべていた、というわけである。

「リ、リエラ……その、なんでそんなに謝るんだ?」

「えっ」

まさかそんなことを言われるとも思っていなかったのだろう。跪《ひざまず》かんばかりに顔を下に向けていたリエラが、顔を上げる。

「それは私が昨日、日課の『あ〜ん』を上手にできず、お坊ちゃまにご迷惑を……」と、涙を浮かべるメイド。

「は⁉⁉」

あ〜ん⁉　意味がわからない。

「も、もうちょっと詳しくいいか？」

「……へ、へえ。そうか」

そして、なるほど。リエラから普段の俺の行いを聞いた俺は、普通にこの場から消え去りたくなっていた。

なぜか？

それはクズトスの一日の生活があまりにも酷《ひど》すぎたからである。クズトス坊ちゃんは、メイドに『あ〜ん』をしてもらうのが何よりも好きらしい。

朝起きて朝食を『あ〜ん』してもらい、昼も、そして夜も『あ〜ん』をしてもらう。

ハッキリ言おう。

頭　が　お　か　し　い。

ちなみに、この世界だと普通なのか？　と思って聞いてみたところ、この世界でも『あ〜

ん』は普通ではないらしい。

おいおい、クズトス……。お前、あまりにも飛ばしすぎだろ……と逆に俺は感心しそうになっていた。

しかも、である。俺は嫌な予感がしていた。

リエラ。俺は彼女の名前を見たことがあった。しかも前世のゲームのwiki◯ediaで。

家族のために働く彼女は、珍しくクズトスに誠心誠意仕えるメイドだったが、クズトスのわがままに振り回され、最終的に右手を骨折してしまう。

そして、そんなのは知ったことかとクズトスは、泣き叫ぶ彼女を解雇するのだ。

小さいころから一生懸命働いてきた献身的なメイドを一方的に解雇したクズトスは、さらに屋敷の使用人たちに嫌われ、性格が矯正される機会を失う、という筋書きである。

ちなみに、この情報が公式サイトで小話として投稿されたところ、

「こんなクズのせいで解雇されたメイドさんが幸せになるシナリオを実装しろよ!」とプチ炎上状態に陥った、らしい。

つまり、彼女はクズトスにとって、割とキーパーソンである。

「いや、いい」

「えっ」

必死な様子で懇願する彼女に俺は告げた。

彼女の眼が見開かれた。

「い、いいのですか？　お坊ちゃまは毎日、『あ〜ん』をしろって。『あ〜ん』をしなきゃクビにするぞって、あれほど言っていたのに……」

「あ、いや」

どういうガキなんだよ、という申し訳ない気持ちで俺はいっぱいだった。しかも、質《たち》が悪いことにクズトスの女性趣味は非常にいい。

リエラだって非常に美人なのである。そんな美人に、『あ〜ん』してもらえるというのであれば、ぶっちゃけ一度は試してみたかった……。

——が。

「いらん」と、俺はまじめな顔で答えた。

そう。冷静に考えればわかることである。美人の『あ〜ん』はたしかに興味があるが、そんなムーブを続けてしまうと確実に、死の未来へとつながってしまう。

いわば、この『あ〜ん』は命を代償にしなくてはいけないのである。

うん、そう考えると、割に合わない気がしてくる。いくらなんでもねえ……。

そんなことを考えつつ、目線をリエラの右手に移す。

「手、悪いんだろ？」

「え、なぜ、それを……」

驚いたリエラは右手を庇《かば》うようにして、左手で押さえた。

「わずかに、右手の動作がいつもより遅かった。動きを見ればわかる」

さすがに原作知識です、とは、とても言えなかったので適当にごまかしておく。

もちろん、いつもの右手の動作がどうなっているのかは全くわからない。

「それに、リエラはいつも俺のことを見てくれているからな。こっちだって、リエラのことをちゃんと見ている」

と適当に言葉を濁し、ほほ笑んでおく。

これでいいのか⁇　いやもう、よくわからない。

「ぼ、坊ちゃま……」と、呆然《ぼうぜん》とつぶやくリエラ。

どうなんだろう。泣きはらしているからか、表情の変化がいまいちわからない。

「もちろん、解雇なんてする気もさらさらない。さっさと休んでさっさと仕事をしろ」

さっきから適当にしゃべっているが、もう何が正解なのか、訳がわからなくなってきた。

「ぼ、坊ちゃま……！　なぜそのようなことを急に……！」

「『なぜ』か……」

くるりと後ろを向き、扉の方へと向かう。リエラの方を一切見ずに、俺は扉を開けた。

「簡単だ――俺のメイドは、お前だけだからな」

体調が悪いとメイド長に伝えておく、と言い残し、扉を閉めた。

……さすがにクズトス本人よりは、まともな対応だろう。

「体を鍛えて魔法も練習して汚名返上か……本当にやることが多いなあ」

だが、悪くない。

クズムーブを避け、俺は善良なモブAになる。そう誓いながら、俺は午後の光が差し始めた廊下を歩き始めた。

意外といけるのではないか、という期待を胸に。


が、しかし。

俺が1人で廊下を歩いているのを見た年配のメイド長は、

「う、うそ。坊ちゃまが女性と手をつながずに1人で歩いているわけが……!!!」

と、絶叫して倒れてしまった。

……うん。クズトス君よ。

お前は何歳児だ、と言いたい。小一時間問い詰めたい。

頰《ほお》がぴくぴくと引きつる。

どうやら俺と、残されたクズトスの汚名との闘いは、そんな簡単には終わるものではないらしい。

「だ、誰かぁぁぁぁぁぁぁぁぁ!!!!」

ふざけるな！　と思いながら、俺は白目をむいて倒れたメイド長の介抱のため、あらん限りの力を振り絞って声を出した。

「助けてくれぇぇぇぇぇぇぇぇぇぇ！！！！！！！」

◇

坊ちゃま——ランドール家のご子息ウルトス様に、仕えてから何年たったか。

リエラは、最近よく後悔することが多くなった。

以前のウルトスは、まさしく天才だった。

常人よりもはるかに多い魔力。そして、その血筋。

いわば、成功が約束されたも同然だったのだ。そして、リエラがウルトスに出会ったのもそんな時だった。今よりもはるかに活発だったウルトスは、「俺についてこい」と初対面のリエラに宣言した。

——その姿を見て、リエラは初めて思った。すごい人に仕えることができたんだ、と。

しかし、年月は人を変えてしまった。

近ごろ、ウルトスはめっきり努力するのをやめてしまったのだ。剣の修業もサボり、魔法の練習もやめ、ひたすらに女性にちょっかいをかける日々。

しまいには、毎食の『あ〜ん』しろ宣言である。元々彼を慕っていた使用人のみんなも、次第にウルトスを見限るようになっていた。

だが、リエラだけは違った。リエラは信じていたのだ。いつかきっと、いつかきっと元のウルトス様に戻ってくれる、と。

最初に会った時のようなお坊ちゃまに。

「ふふ……」

久しぶりに休みをもらい、右手を休めていたリエラは笑ってしまった。

「坊ちゃまったら……」

今日のウルトスは、久しぶりに真剣な表情をしていた。しかも、一目見ただけで、リエラの右手の状態を見破ってしまったのである。

これにはリエラも驚いた。

リエラだって公爵家のメイドである。基本的なマナーとして、けがを隠すくらいはしている。それなのに、ウルトスは一発で見抜いてみせた。

それに、

「――俺のメイドは、お前だけだからな」という、聞こえるか聞こえないかくらいの独白。

きっと恥ずかしがっていたのだろう。けれど、その声は確実にこちらに聞こえていた。

「もちろんです」とリエラはつぶやいた。

自分の主人は、本当はすごいんだという気持ちを込めながら。

――まさか、ウルトスが自分の命と『あ～ん』とを天秤《てんびん》にかけた上で、クソまじめな顔をしていただけとはつゆ知らず、リエラは心の底から忠誠心をかみしめていたのであった。

1章　ゲームとの違い

本当に大変だった。メイド長は倒れるし、リエラは泣いて話にならないし。

しかも、クズトス少年はリエラの手を握らないと屋敷を歩けなかったらしい。

ひ、酷すぎる……。お前はどういうメンタリティなんだよ……。

自分の屋敷だろ、1人で歩けよ！　リエラに手を握られ、屋敷を練り歩く方がよっぽど恥ずかしいわ！　と思うが、一周回って、クズトス少年はもうとんでもなくメンタルが強かったのかもしれない。

そして当然、屋敷のみんなは急にまともになった俺に疑問を持った。

当たり前である。昨日まで、「ボクちんに『あ〜ん』をしろ！」とかほざいていたクソガキが、急にメイドの労働状況を心配して、「休ませてやれ」とか言い出すのだ。

俺はみんなにこう聞かれた。ウルトス様は急にどうされたんですか？　と。

熱でも出したのかと疑う使用人たち。俺はそんなイメージを払拭すべく、こう答えた。

――俺は、ノブレス・オブリージュに目覚めたんだ、と。

これこそが俺の考える秘策だった。

『ノブレス・オブリージュ』とは、身分の高い者、つまり、貴族はその身分に応じて、立派に自らの義務を果たさなければならない、という、まあ上級貴族の心意気的なものである。

今じゃあまり流行《はや》っていない言葉だったが、つまり、俺の言い訳はこうだ。
1．クズトス少年は突然、ノブレス・オブリージュ（笑）に目覚める
2．クズトス少年は当然、今までのクズムーブを反省
3．クズトス少年は完全にまじめになる
4．そして作品の中で目立たず、モブのように地味に生きることに
という流れ。うむ、実に美しい。

どちらかといえば、クズ行為を少なくしていく、という目的があるので、『クヾズヾレス・オブリージュ』という方が近いかもしれないが……。

まあいいか。

ちなみに、なんで巨乳好きのクソガキが突然、ノブレス・オブリージュに目覚めたのか、という点が非常に疑問だったが、屋敷のみんなは、クズトス少年のかつての天才っぷりをまだ忘れていなかったらしく、何とか「一時の気の迷い」ということで理解してもらえた。

まだ見た目的にギリギリ美少年だったのが、幸いしたのだろう。これで作中の脂ぎった見た目と同じだったら、絶対に理解してもらえなかった気がする。

良かったな、クズトス。幼少期は顔が良くて。

そして同時に俺は、ちょっとした修業のようなことも始めていた。

この世界が『ラスアカ』の世界なら魔力を操ったり、その魔力を用いて魔法を詠唱したりす

ることができるはずである。

直接戦うなんてことはしたくないが、少しは練習しておいて損はないだろう。

ということで、俺は1人、部屋の中で、身体《からだ》にある魔力に意識を集中させていた。

「おお！」

結構面白い。集中すること2、3日で、何かフワフワとしたものが全身に集まる感覚がわかりかけてきた。

しかも、これが意外なことにすぐにできてしまうのである。

そういえば、図らずもクズトス少年のスペックはそれなりによかったはずだ。本人も主人公の前に立ちはだかった時に自慢していたし。

「グ～フッフ、ボクちんは天才さ!!　貴様みたいな村人風情とは違うんだ！」と。

まあ、増長しすぎて、その村人に最終的にはボコボコにされるのだが……。

「……とりあえず、あの口調だけは絶対やめておこう」

と、未来の自分の口調を心配しながら修業をちょっとずつ続ける。

『ラスト・アルカナム』――通称、『ラスアカ』。

いわゆる剣と魔法の世界的なファンタジーのゲームであり、そこで一番最初に覚えられる魔法が【身体強化】だった。

全身を魔力で強化し、身体機能を底上げする、というシンプルかつ扱いやすい魔法で、言わば初心者の入門的な魔法である。

俺も、もちろん一プレイヤーとしてプレイしていた経験からこの魔法から始めるのが最も効率がいいだろう、と確信していた。

が、

「なんか……ちょっとこう……イメージと違うかもな」

そう。一方で、俺はこうも感じていた。

この魔法、やる気がありすぎないか？　と。

要するに、この【身体強化】は完全に戦闘向きなのである。全身を魔力で強化する、という都合上、全身から魔力が漏れてしまうし、その魔力を見て、

「ほう……その魔力、中々やるな……」的な展開になってしまう。

……なんか微妙である。何度もいうが、クズトスはスペックだけはいい。

ここが『ラスアカ』の世界だとすると、魔力はほぼ血統で決まってしまう。なので、ドヤ顔でこれ見よがしに【身体強化】をしていると、使った瞬間、即身バレの可能性がある。

しかも、身バレ程度ならまだいいが、最終的に敵組織とかに追われる可能性まであるのである。身代金とかね。

「だめだ、俺のモブ生活が……」

どうしたものかと、頭を抱える。

【身体強化】を使わないわけにはいかないが、それだと魔力が漏れてしまう。

かといって魔力の漏れを抑えるのも難しい。何度やったって、【身体強化】の性質上、周囲に魔力が漏れてしまうのである。


が、意外なことに、解決の糸口はリエラからもたらされた。

あれから数日たち、行き詰まった俺は自分の部屋の外でリエラの仕事っぷりを眺めていた。

「ウルトス様、いかがされたのですか？　掃除しているだけですし、邪魔だったらどきますが」

「いや、ちょっと難題がね……行き詰まりっていうか」

「なるほど。でしたら、私がお話をお聞きしますよ！」

と掃除中にもかかわらず、笑顔で言うリエラ。なんだか泣けてきた。

こんないい子をねちねちいじめていたクズがいるらしい。反省しろ。

「要するに、魔力が全身にいってしまうとロスしちゃうんだよね。無駄が多いというか……」

と、説明する。あまり名案を期待していたわけではない。

「その……」

が、俺の話を聞き終えたリエラはふと顎に手を当て、ゆっくりと言い始めた。

「素人の考えですが……その魔力を、集中させるのはダメなのでしょうか？　こう一カ所に……といいますか」

なるほど、魔力を全身の強化に回すのではなく、一カ所に集中してしまえ、と。

「いやでも、そんなのゲームでは……ん？」

そんな機能はなかった、と言いかけて、少し止まる。

――魔力を一点に集中させる。

いや、たしかにゲームではそんなことはできなかった……いや待てよ、ゲームでは？

「リエラ、ありがとう！」

そう言うなり部屋に戻り、もう一度、【身体強化】を行う。

ただし今回は、全身ではなく、右足だけに。

「くっ……！」

すぐに力が抜けてしまった。全身を強化するよりも、複雑な魔力の操作を求められるらしい。

が、しかし。やはり思っていたよりも、漏れ出る魔力は圧倒的に少ない。

言わば、１００の力を全身に振り分けるのではなく、足に集中させるのである。

「ははっ……ゲームではありえない、か」

思わず笑ってしまう。

ゲームには一部だけに魔力を集中させる、なんて選択肢はなかった。だって、身体強化は全身を強化する。そういう魔法だから。

だからこそ、リエラのような選択肢は思い浮かばなかった。

それにそもそも、超一流の戦士や魔法使いはこんなくだらないことで悩まないだろう。

【身体強化】なんてのは基礎の基礎だ。

主人公勢や原作キャラはチートじみた強さだし、豊富な魔力がある彼らにとっては、【身体強化】で魔力が漏れるなんてどうでもいいに違いない。

ただ――

「これなら、魔力が漏れずにすむ」

そう。クズトスの行く末を思い出す。クズトスはたしかに、才能がある方だった。

だが、あくまでもそれは序盤の話。彼はインフレについて行けず、主人公にボコボコにされ、挙句の果てには死ぬのである。

であれば、この局所的な【身体強化】はかなり有用だ。地味に、そして平和に暮らすために。

解決策を見つけた俺はニヤリと笑った。

「――リエラには、後でお礼を言わなきゃな」

ちなみにその後リエラに、お礼になんでもするよ、と笑顔で言ったところ、

「で、でしたら、『あ～ん』をさせてくださいませんか？」と、恥ずかしそうに返された。

……リエラ。君、気に入ってたんだね。『あ～ん』。

◇

そんなこんなで修業を続け、早くも数週間がたち、俺の新しい【身体強化】は成果が少しずつ現れてきた。

しかも、やっていくうちに気がついたが、この身体強化だと、普通に発動した時よりも消費

魔力も少ないらしい。お得である。なんという素晴らしい魔法なのか。

そして最近は、屋敷のみんなも「お坊ちゃまがまともになって」と感涙する日々。

今のところ、非常に順調である。

が、しかし。忘れてはいけないことがあった。俺はやっと屋敷のみんなを納得させた、というだけだ。

そう。残念なことに、クズトスは、屋敷の外でもすでにそのクズっぷりを発揮してくれていたのである。


「おい、なんでお坊ちゃんが訓練場に来てるんだ?」

「いやあ、この前なんて剣を握りたくないって泣きわめいてたのにな」

という兵士たちの不思議そうな声が、耳を通り抜けていく。

俺は今、訓練場に来ていた。屋敷から少し離れた場所に設置された訓練場では、ランドール領の兵士たちが汗を流していた。

この世界は『ラスアカ』の世界とよく似ている。

そして『ラスアカ』は、権力争いあり、魔法あり、涙あり、エロあり、友情あり、クズトスという公式のサンドバック要素あり、という素晴らしい18禁ゲームだった。

その舞台となったグラセリア王国では、近年魔物の出現が頻発しており、その対策として、貴族は私兵を雇ったり、冒険者を迎えたりしている。

そんな中、クズトスも両親から、「お前も剣を握り、貴族としての務めを果たすのだ〜〜！」みたいなことを言われていたのだが、我らがクズトス少年はさすがに格が違った。

なんと、あろうことか、クズトス少年はこう答えたのである。

「ボクちんは、ビキニアーマーで巨乳の女冒険者がいないと訓練しないからな！」

……もうやだ。何が嫌って、俺がそのクズトス本人だからである。

もう完全に貴族のバカ息子だ。どこからどう見ても恥ずかしいバカ息子である。

ランドール公爵家というのは王国内でも1、2を争う名家で作中でも上位の貴族だ。平民の主人公たちとは比べものにもならない。

が、しかし。そこの息子は、「ビキニアーマー巨乳冒険者しか認めない」とほざいたのである。

こんな発言を聞いた兵士たちは意気消沈。冒険者は馬鹿笑いをしていたらしい。

「ランドール領の未来は暗い」という噂《うわさ》まで流れて、せっかく集めた有能な冒険者たちも逃げてしまったのだから、これはもう本格的なクズである。

いや実際には、クズトスは主人公一味によって最終的に引くほどボッコボコにされるので、その噂はある意味、合っているといえば合っているのだが……。

こうしてクズトス少年は、『あ〜ん』で好き放題ものを食べ、訓練にも参加せず、どんどん豚への道を歩み始めるのであった。

——が、そんな未来は許せない。

そう。俺はこの世界でまっとうに生きるのである。

遠巻きにこちらを見つめる兵士たちの前で、俺は木剣を持った。そうして、ある男の前へ歩いていく。

「何ですか、坊ちゃま」

「エンリケ。稽古をつけてくれ」

男——エンリケは気だるそうな様子で答えた。

「坊ちゃま。ここにビキニアーマーの女性はいませんよ」

遅れて聞こえる笑い声。

あれだな。予想していたが、死ぬほど舐《な》められているな。

いや、わかるよ？　俺だって雇い主がビキニアーマー好きの変態少年だったら嫌だし……。

要するに、やる気があった人間は、この前のクズトス少年の「ビキニアーマー発言」によって、完全にいなくなってしまったのである。

そして残ったのは、お金目当てで残った連中。そんな連中にクズトスが受け入られるわけもなく……こういう状況になっている。

エンリケも冒険者だが、金目当てで残っているのが丸わかりな男だった。

正直、こういう連中に言うことを聞かせるのは大変だろう。

が、しかし。俺は譲るわけにはいかなかった。

俺はブクブク太って惨めに死ぬのはごめんである。どちらかというと、他人の争いを平和に遠巻きに見ていたい方である。

俺は微笑を浮かべた。

「エンリケ。怖いのかい？」

「おやまあ……坊ちゃま」

そう言いながら、エンリケが立ち上がる。俺はやってしまったかもな、と思いつつ、その様子を眺めていた。

俺たちのやり取りは周りの注目を集めていたらしく、次第に人が集まってきた。エンリケも木剣を持ち、コキコキと首を回し始めた。

「いいんですか？　怪我《けが》をしても」

挑戦的に笑うエンリケ。

魔力を操る修業はこっそりやっていたが、対人戦はぶっつけ本番だ。つくづく俺は、クズトス少年の尻拭いに奔走させられている。

が、「もちろん」と、俺は短く答えた。

——だいたい、このままいけば、近い将来、殺されるのは目に見えているのである。

「まあ怪我ぐらいなら、問題はないさ」

そう言いつつ、俺は密《ひそ》かに勝利への策を見出《みいだ》していた。

まず第一にクズトスはただのクズではない。めちゃくちゃ才能があったがゆえに、調子に乗ってしまったというタイプのクズである。

つまり、クズトスは素のスペックは割と高いのである。

魔力も豊富。そして覚える魔法も強力。まあ、学院に入って主人公と会うころには、胡坐《あぐら》をかきすぎて目も当てられないほど弱体化しているのだが……。

そう。現時点では、結構強いはずなのだ。

ここにいる兵士や冒険者にいくら「ノブレス・オブリージュに目覚めました！」と言ってみたところで、反応してくれないだろう。

であれば、やるべきことは簡単だ。みんなの前で多少、剣を披露し、まともな姿を見せつける。これしかない。

そして、そんな俺は、

「本当にいいんですか、お坊ちゃん」とニヤニヤ目の前で笑う男を見つめた。

エンリケ。ゲームには出てこないが、俺はこいつをクズトス少年と同類だと判断していた。

――ようは、こいつもクズである。

理由は簡単だ。こいつはこの期に及んで我が家に仕えているからだ。

基本的に、その家に長く仕える兵士たちとは違い、冒険者はフリーである。魔物を狩るもよし、名声を得て有名な家に仕官するもよし。ギルドという組合に入ることで、仕事は基本的にある。

ドが高い。

つまり、冒険者は1人で生きていけるし、基本的に自由なのである。そんな冒険者はプライドが高い。

クズトス少年の「ビキニアーマー巨乳女冒険者」発言によって、意識が高そうでちゃんとしてそうな冒険者は、ぶちぎれて出ていってしまった。

が、エンリケは残っている。たぶん、こいつは冒険者的なプライドなど一切なく、我が家に寄生したいだけだろう、と俺は予想していた。

クズトス少年とは違うベクトルで、まあまあのクズである。

「…………」

俺はエンリケを無言で見つめた。

冒険者には最弱であるFから、至高の領域、と言われるSSまでのランクが存在する。

「なんですか？　お坊ちゃん」と相変わらず目の前の男はヘラヘラしている。

どう見てもはずれのクズである。

俺だって、この世界に数人しかいない、と言われているSSランクや、1人で一軍と同等の戦力を持つと言われるSランク冒険者がここにいるとは思わないが、いくら何でもこれはひどすぎる。

ちなみに、エンリケに「冒険者のランクは？」と聞いてみたところ、

「それがギルドにランクを剝奪《はくだつ》されちゃったんですよね。アッハッハッハ」という答えが返ってきた。

あ、やっぱクズだ。漂う、ダメ男臭。

たぶんFランクとかだろうな、と俺は勝手に当たりをつけた。

「じゃあ、始めますか」

エンリケの声に合わせ、剣を構える。後の心配は、身体《からだ》がついてきてくれるかどうかだった。

が、俺はそれほど心配していなかった。この世界に来て数週間だけど、修業を信じるしかない。

ゆっくりと深呼吸をして足に魔力を集中させる。

——発動するのは、魔力のロスを極限まで減らした俺だけの——名付けるならモブ式【身体強化】。

そのまま、踏み込む。その瞬間、目の前の景色が、一気に変わった。

「んなッ!!!」

エンリケの驚く声。

気が付けば、一瞬にして距離を詰めた俺は、至近距離でエンリケとつばぜり合いをしていた。

驚愕《きょうがく》に、目を見開くエンリケ。完全に油断を狙ったのだが、防がれてしまったようだ。

もちろん、俺もここまで体が動くと思っていなかったが、さも当たり前、みたいな表情をして剣を振るう。

このときばかりは、クズトス少年に感謝をしたくなった。

……いや、そうでもないな。そもそもこうなったのは、クズトスのせいだし……。

が、まあいい。

いったん体勢を崩す。エンリケの剣をそらし、そのままの勢いで、相手の横に回り込む。

俺は、その場で、またもや踏み込んだ。

──大事なのは踏み込みである。慎重に、慎重に。

実践で魔力を使うのは初めてだったが、魔力の配分に気を遣いつつ、足に魔力を集中させ、一気に身体能力を向上させる。

このときばかりは前世で剣道部だったことを感謝するしかない。……いや、途中で厳しくてやめたけど。

「クソッ！」

と、防戦一方のエンリケが毒づくが、もう遅い。

エンリケの剣は、こちらのスピードに対応できていない。

そのまま俺は、ねじ込むようにして剣を振り上げた。これで、いける。

──が、次の瞬間に感じたのは腹部への強烈な衝撃だった。

「ガハッ！」

一気に肺の空気が押し出され、そのまま俺は数メートルほど吹っ飛んだ。

痛みをこらえながら吹っ飛ばされた方向を確認すると、正面に見えたのは、足をぷらぷらと揺らすエンリケの姿。

「あ、足技かよ……」

結構なスピードが乗っていたにもかかわらず、カウンターで蹴りをねじ込まれたらしい。意味がわからん。ネームドでもないクズのくせに強すぎる。

が、しかし。呆然としていたのは、エンリケも同じようだった。

「うっわ、やっちまった……」とエンリケが頭を抱えた。

「大丈夫ですか？」

顔をしかめながら近付いていてくるエンリケに、心配そうにこちらを窺《うかが》う兵士たち。

いや、大丈夫じゃない！　と俺は叫びたかった。子供に手加減くらいはしろよ！　と。

一応雇い主の息子だよ⁉　ビキニアーマー好きのクズでも、一応、名家ランドール家のご子息様である。

「大丈夫ですか？　坊ちゃん。すみません、いやあまりにもいい動きをするから……」

坊ちゃん、どこでそんな動きを、とエンリケが呆然《ぼうぜん》とつぶやくが、カウンターの蹴りを見事に決めた男に言われても何も嬉《うれ》しくない。

っていうか、木剣を渡したら普通に、足は使わなくないか⁉

正直、まあまあ痛い目にあわせられた俺は一言、言いたい気分だった。

が、「い、いや、いい」と言って俺は立ち上がった。

死ぬほど痛むが、ここで冷静に考えてみよう。
1．今まで訓練をサボり続けたビキニアーマー好きのクズお坊ちゃんが、冒険者に模擬戦を仕掛ける

2．模擬戦に負けたらブチギレる

ダメだ、紛れもなくクズムーブだ。まあまあ嫌われるタイプのクズである。

となれば、俺がすべきことはただ一つ。

「…………」

俺は無言で、表面上、笑顔を作った。そう。俺が目指すのは、至高のモブムーブ。

簡単だ。にっこり笑って、今日はありがとう、と言えばいいのである。

どうよ、このモブ感は。普通だ、圧倒的に凡人である。

「いや、大丈夫だよ」

偽りのほほ笑みを作った俺は、エンリケに優雅に返事をした。

それから、ふざけるなよ、お前はクビだ、と言いたいのをぐっと我慢し、貴族のお坊ちゃんっぽい台詞《せりふ》を口にした。

「こちらこそ、ありがとう。けっこう自信があったんだけどね。中々、実践は厳しいや。いやあ、これからも訓練に付き合ってくれると嬉しい」

顔が怒りでぴくぴくひきつっているが、まあいいだろう。

そうして、ザ・普通の貴族みたいな笑みを浮かべた俺は、「よろしくね」と言い残して立ち去った。

……それにしても痛い。

「あいつ大人のくせに……部活やってて良かった……」

大人になっても、子供相手に本気を出すようなおっさんにはなるまい、と俺は痛む腹部をさすりながら、真剣に誓ったのである。

にしても結構上手《うま》くいったような気がするな……。

兵士たちは黙っているが、まあこんな感じだろう。さすがに一気に態度が変わるとは思っていない。

リエラに薬でももらおう、と俺は屋敷へと急いだ。

——が、このとき、達成感であふれていた俺は油断をしていた。

今思えば気がつくべきだったのだ。

俺の後ろ姿を見送っていたエンリケが、

「なっ、う、嘘《うそ》だろ……。まさか元Sランクの俺に本気を出させたというのか……。しかもあの一撃を受けて涼しい笑みを浮かべただけだと……」

と、呆然としていたことなど知らずに、俺は屋敷にほうほうの体で逃げ帰ったのである。

ちなみに、屋敷に戻り薬が欲しいとリエラに頼んだら、

「ウルトス様……なんてお可哀想《かわいそう》……。私がお薬を塗って差し上げましょうか？」

と上目遣いで言われた。

大人しめの巨乳メイドという男の夢を爆盛りしたかのようなお姉さんに慰められるという理想のシチュエーション。

が、もちろん俺は、

「いや、問題ない。大した怪我じゃない」とクールに首を振った。

我慢だ。この場で巨乳にホイホイされたら、作中のクズトスと同類になってしまう。

「坊ちゃまは、最近、全然甘えてくれなくなりましたけど、つらくなったらいつでも慰めて差し上げますからね……」

うるうる眼《め》を潤ませながら言ってくるメイドを華麗にスルー。

リエラ……なんて恐ろしい子……!!

かの変態少年、クズトスに毎日『あ〜ん』をしてあげていただけあって、彼女の忠誠心はだいぶ高いらしい。

というかもはや、クズトス少年が本編のレベルになるまで調子に乗ったのは、このメイドのせいじゃないか、と思わなくもない。

「う、うん。リエラ。君の忠誠心を嬉しく思うよ」

俺は、なぜか迫りくるリエラを必死に押しとどめた。

「……うんだから、ね？　とりあえず、前屈《まえかが》みはやめてくれるかな⁇　ね？」

「本当にいいんですか？」と聞いてくるリエラに言い聞かせ、やっとリエラは退散してくれた。

やはり、女性は怖い。

特に胸の部分。まじめにモブを目指すと誓った俺でさえも、胸に引き寄せられてしまう。

もしかしたらこの世界で一番気をつけるべきはリエラかもしれない。そんなことを思いつつ、俺はベッドに入った。

◇

「あれが天才なのか……」

元Sランク冒険者――エンリケは少年の後ろ姿を見ながら、呆然とつぶやいた。

Sランク冒険者の蹴りを受けてもなお、平然としているその姿。

しかも、

「なんだよ、あの涼し気な笑みは……!!」

見渡せば、周りの兵士たちも自分と同じように呆然としていた。油断はしていたが、手加減していたわけでもない。

「何がどうなっていやがる……」

エンリケは屋敷の方を見つめながら、ごくりとつばを飲み込んだ。

「相手は、『あの』坊ちゃんだぞ」

坊ちゃん――ウルトス・ランドールの評判は悪い。

というより、昔は良かった、というべきか。

かつて「ランドール家に神童がいる」という噂《うわさ》が流れた。豊富な魔力を持ち、頭の回転も速い。

そもそもランドール家とは、王国内でも屈指の名家である。近年魔物の活動が活発化しているが、それでもランドール領ならば安全だ、と評判が高かった。

そんな息子がいるのであれば、ランドール家は将来安泰だ、と皆が思っていたのだろう。

が、しかし。そうして、ランドール家に仕事を探しに来た冒険者や兵士を待っていたのは、坊ちゃんの、例の「ビキニアーマー巨乳女冒険者発言」である。

だいたいの人間は、「我々を馬鹿にする気か！」と言って立ち去ってしまったが、エンリケは残ることにした。

まあ、金払いが良かったからである。それに、考え方を変えれば、楽なものだ。

次期当主が無能なら、それはそれで楽だった。心置きなくサボれるし、危険を冒さずに、のんびりと金をもらえる。そのうち、ランドール家が傾きそうになったら速攻で辞めればいい。

そう、エンリケは思っていたのだが……。

そんなある日。急に訓練場に現れたウルトスを見て、その場にいた人間は全員笑っていた。

しかも、なんと木剣を持って、エンリケに模擬戦を挑んでくる始末。

おいおい、そりゃ流石《さすが》に無理があるだろ、とエンリケは内心、鼻で笑っていた。

当たり前だ。いくら雇い主の息子とはいえ、こちらは元Sランク冒険者である。さらに聞くところによれば、最近の坊ちゃんは屋敷でメイドに『あ～ん』をしてもらって喜んでいる、という。

そんなのに負けるはずがない。まあ、適当に相手をしてやれば、喜ぶか——

が、

「んなッ!!!」

そんな余裕は、坊ちゃんの一撃によって容易《たやす》く打ち砕かれた。

（なんだよ……今の速度は……!!）

それほどまでに、坊ちゃんの剣は重く、強く、そして速かった。

無我夢中で、ガードする。運よく、一撃は防げた。

が、しかし。

エンリケが一息ついたのもつかの間、坊ちゃんは次の動作へと移っていた。左側に入られた。

流れるようにして、坊ちゃんが次の踏み込みを行う。

（クソッ!!　間に合わねえ……!）

「うぉぉぉぉぉぉ!!」

これほどの焦りを感じたのは、いつぶりだろうか。

剣は間に合わない。

――エンリケは無我夢中で脚を振り上げた。

「な、何とか……間に合ったか」

エンリケは数メートル先に転がる坊ちゃんを見て、息を落ち着かせていた。どうやら、自分のカウンターは何とかうまくいったらしい。身体が勝手に動いた、というべきか。

が、すぐに、まずい、と気が付いた。相手は、あのわがままで有名な坊ちゃん。

こんな衆人の前で、恥をかかせたとしたら、とんでもないことに……。

「大丈夫ですか？　坊ちゃん」

エンリケは苦い顔をして、すみません、と言いながら慌てて駆け寄った。

が、

「いや、大丈夫だよ」

「えッ……⁉」

エンリケは信じられないものを見るような目で、目の前の坊ちゃんを見つめていた。

大丈夫だ、と爽やかに笑う少年は、今の一撃を何とも思っていないようだった。いやむしろ、今の自分の一撃が効いていないのかもしれない。それくらいの余裕っぷり。

呆気《あっけ》にとられたままのエンリケを残して、少年は続けた。

「こちらこそ、ありがとう。けっこう自信があったんだけどね。中々、実践は厳しいや」

「あ、いや……」

「いやあ、これからも訓練に付き合ってくれると嬉しい」

何も言えずに、エンリケは悠々と去っていく少年を見つめた。


少したち。興奮冷めやらぬ兵士がエンリケに、近づいてきた。

「なあ、お前さ」とエンリケは尋ねた。

「俺の一撃食らって立ち上がれるか？」

「ご冗談を……無理です」

「じゃあよ、一撃を食らって、あんなふうに笑えるか？」

「もっと無理です」

「だよなあ……」

あの身体《からだ》の動かし方は、明らかに素人《しろうと》ではなかった。しかも、坊ちゃんは帰り際にこう、つぶやいていた。

――ブカツをやっていてよかった、と。

ブカツ。

意味はよくわからないが、きっと「武」に関する活動を長年密《ひそ》かに行っていた、ということだろう。だからこそ、あれほどの強さがあったのだ。

それに、一瞬【身体強化】をしていたような気配を感じたが、それにしては魔力の消費を感じなかった。

ますます、坊ちゃんのことがわからなくなってくる。

表と裏。空気の読めないガキと、先ほどの圧倒的な強さ。

「そうなると、この前の発言もなにか裏があるな……」とつぶやいてみる。

「どういうことですか？」

「簡単だよ。この前のアホ発言もブラフってことだ」

そう。この前の発言で、まじめそうな人間は、全員去ってしまった。だが、見方を変えると、それも悪くないように思えてくる。

まじめといえば聞こえはいいが、そういうやつに限って実践では使えない、という場合もある。

逆に、金で動くような人間は、契約さえ守れば、それなりに動ける人間も多い。

「なるほど……。わざと人員を絞った、ということですか？　でも、それはなぜ⁉」

「わからん。だが最近、何かときな臭いからな。魔物も大量に発生している。もしかしたら、坊ちゃんは何かを摑《つか》んでいるのかもしれん」

そこまで会話を交わしたエンリケは、屋敷の方をじっと見つめた。

眼の前に突如として、現れた強大な猛者《もさ》。しかも、何らかの理由でその牙を隠している。

「フッ……、おもしれぇ」

エンリケは、木剣を握りなおした。なにが、ランドール家の未来は暗い、だ。

――面白くなってきたな、と。

こうして。

当の本人に、

「あれはきっと万年Fランクのダメ冒険者だな。ダメ男感があるし。あとゲームでも見たことないから絶対モブだわ、うん」と割と散々な評価を受けていることなど知らずに、元Sランク冒険者エンリケは興奮を隠せず、ニヤリと笑った。

2章　域外の魔法

エンリケと模擬戦を行ってから数日がたった。

俺の特殊な【身体強化】の初披露だったが、まあ上手《うま》くいったのではないだろうか。

あのエンリケとかいう男はどう見ても弱そうだったが、それでも素人が追い込めたのだから良しとしよう。

そして、今日も俺は、訓練場で剣の稽古を行っていた。

「こんにちは坊ちゃん、精が出ますね!!」と言いながら兵士たちが通り過ぎる。

これよこれ。本当に素晴らしい。

「ああ、ありがとう」と手を振った。

だいぶみんなの反応が良くなった。

こうやって一歩一歩、兵士たちの心をつかんでいけば、最終的に、俺が断罪された時にも誰かが庇《かば》ってくれるのでは、という気がする。頑張ろう。

が、しかし。

今のところ、俺のモブルート開拓で、いまいちよくわからないやつがいた。

「やあ、坊ちゃん。今日もご機嫌麗しゅう」

「…………あ、あぁ。今日も元気だな。エンリケ」

そう言って嫌々、声がした方を振り返る。

俺の目線の先には、ヘラヘラ笑うダメ男——ことエンリケが立っていた。

「いやいや、な？　坊ちゃん。また模擬戦でもどうですか⁉」

と言いながら、なぜか上機嫌で俺の方へ近づいてくるFランク冒険者。

控えめに言っても意味がわからない。

なぜこの男は、俺に構おうとしてくるのか。しかも、エンリケは俺のちょっと引いたような雰囲気も伝わらないようで、ガツガツこっちに踏み込んでくる。

「坊ちゃん」

エンリケが肩を組み、顔を近づけてきた。

「…………いつ、動き出すんですか？」

へ？？？？？　呆気にとられた。

本当に意味がわからない。動き出すってなに？？？　あれか？　原作開始を知りたいの？

でも、原作にお前出てこないよ、と言いたくなる。あれ、もしかして俺が知らないだけで、実はスピンオフの主人公だったりするのだろうか。

じっくりとエンリケを眺める。ヘラヘラした30代くらいの万年Fランク冒険者。

これが主人公……？　美少女がいっぱいなゲームにこいつがいる姿を想像してみる……無理だな。

ここまで考えた俺は、エンリケの手を振り払い、「まだだ」と短く答えた。

「まだ………ですか？」

「あぁ、まだ早い」

原作開始は主人公たちが15歳になり、学院に入学する頃だ。だから、全然まだ早い。ちなみに、クズトスも主人公と同学年だが、老けて見えると評判だった。

「ほう………なるほどね」

エンリケは俺の発言にゆっくりとうなずいた。

「面白い。今はまだ、力を蓄えるって寸法ですか。影に潜み、羽ばたく時を待つ、と」

「あ、あぁ………？」

さっぱりわからないが、適当に濁しておく。なんだよ、「羽ばたく時」って。しかもそれを真顔で言わないでほしい。こっちが反応に困るじゃないか。

「よし、じゃあ今は俺が兵士を鍛えておきますよ」

「お、おぉ……よろしく……な」

俺は、兵士たちの方へと向かうエンリケを微妙な表情で眺めた。

万年Fランクのダメ冒険者が、若そうな兵士たちにドヤ顔で剣術を教えている。

「いくぞお前ら！」とか、「俺の技を見てろ！」とか。

………つらい、つらすぎる。これが共感性羞恥心、と言うやつだろうか。

兵士たちが、「すげえ！」と盛り上がっているのが、より一層哀愁を誘う。

やめておけよ、変にイキっても自分がつらいだけだぞ、と言おうとしたが、まあいいか、と俺は思いなおした。

兵士たちも素直に従っているようだし、エンリケも悪い男ではない。

「誰にでもそういう時はあるし、そうっとしておいてやるか」

誰にでも特別な自分に憧れるときは、ある。主に中学二年生の時に。エンリケも、遅く来た厨二病という病と戦っている最中なのだろう。

俺は穏やかな顔をしたまま、エンリケの訓練風景を見ずに、屋敷へと戻った。


「ウルトス様!」

屋敷に戻り、部屋に帰った俺は、リエラに呼ばれた。

「なんだ」

「あ、あの、今日は魔法の先生がいらっしゃって…………」

へえ、そんなのいたのか、と思いながらリエラの案内で屋敷の応接間に行く。

考えてみれば、この世界では魔法がメジャーである。ランドール家ほどの名家であれば、家庭教師を雇っていてもおかしくはない。

扉を開け、一礼をした。そしてモブらしく当たり障りのない挨拶を。

「お初にお目にかかります――え」

が、しかし。

目の前にいた人物を見て俺は思わず固まってしまった。目の前には、ある女性がいた。

その圧倒的美貌。その胸部の圧倒的な戦闘力。そして何より、俺はその顔に見おぼえがあった。

「――カルラ先生」

原作に登場している女性が、俺の目の前にいた。

◇

「さて。今日、私は魔力鑑定の結果を伝えるために、ここへ来た」と冷静な様子で話し出す女性。

カルラ・オーランド。

大人気ゲーム『ラスアカ』のヒロイン陣の中でも、トップクラスの人気を誇るキャラクターである。

ゲーム内での立ち位置は魔法詠唱者。魔法を極限にまで鍛えたキャラで、主人公パーティーに加わるのはだいぶ後半になるが、その分、圧倒的な強さを持つ。

彼女はだいぶ特徴的だった。藍色の髪に、怜悧《れいり》そうな表情。

そして、スタイルが見事にわかる服装。肌を露出しているわけではないのだが、胸元にざっくりとした切れ目が入っているせいで、とんでもなく目に毒だ。

立派な痴女である。

が、

「ああ、魔力鑑定の結果ですか」と俺は、なるべく顔を見るようにしながら答えた。

——魔力鑑定。

それは、魔力があるのかを調べ、その上で、どの属性と最も相性が良いのか鑑定することをいう。

属性魔法と呼ばれる、火や水の属性か。もしくは他のマイナーな属性なのか。

ちなみに、我らが主人公——彼はジーク君というのだが、彼の場合、小さいころ受けた魔力鑑定では結果が出なかったが、後々経験値やスキルのレベルを割り振ることによって、際限なく魔力が高まるというチート仕様となっている。

……主人公補正って怖い。死なない限り、上昇し続けるって何なんだよ……。

「では、人がいない方がいいでしょうね。別室へどうぞ」

俺はリエラに呼びかけた。

魔力鑑定の結果は、結構プライベートなことなので、人払いをするのが普通だ。

「そうね」とカルラ先生もクールに歩き出す。

——が、俺は忘れていた。カルラという女性が、人気を博したその理由を。

あ、やばい。

「あ、お気をつけくださ……」と、俺はとっさに呼びかけた。

そう。彼女は強いだけではなく、スタイルが良いだけの美人でもない。

彼女が人気な理由——

「へぶちっ!!!!」

お気をつけください、と言う前に、俺の目の前でカルラ先生がぶっ倒れた。

何もない場所である。段差もなく、障害物もない。

「…………」

「……あの、先生……」

無言。カルラ先生は無言で立ち上がると、まるで何もなかったような顔をした。

「む、どうした？　その顔はまるで、私が何かドジを踏んだかのような」

「……あ、いえ」

「ふむ。では案内を頼む」

俺は微妙な表情でその様子を眺めた。ドジを踏んだとかいうレベルではない。

カルラ・オーランド。彼女は……。彼女は……、そう。

と　ん　で　も　な　く　ド　ジ　な　お　姉　さ　ん　な　の　で　あ　る。

この美人っぷりからは想像もつかないドジ女。

しかも見ればわかるように、自分のミスを何事もなかったかのように処理しようとする、というだいぶダメ寄りのキャラである。

「え⁉　ウルトス様、カルラ様が今物凄《ものすご》い格好で倒れ――」

「い、いや、リエラ何でもないから!!　さあ鑑定結果を教えてください!!　先生」

リエラが余計なことを言う前に、必死に声を張り上げる。

リエラ、教えてあげるよ……この世には、ツッコんではいけないこともあるんだ。

と、こんな風にちょっとズレた彼女だが、案外、要注意人物である。

エンリケのような冒険者というのは、貴族からそこまで好かれていない。なぜなら冒険者という人間は基本的に、適当で、場当たりだからだ。たまに、めちゃくちゃ家柄もいいのに、冒険者一本の変わり者もいるが、基本冒険者は信用されていない。

作中のお使いクエストでも、何度悪さをした冒険者を討伐したことか……。

が、しかし。魔法詠唱できる人間はちょっと別だ。初歩中の初歩である【身体強化】くらいなら学院に行かずとも使えるが、本格的な魔法はきちんとした学院に通い、それなりに勉強しなければならない。

で、そのような学院に通えるのは裕福な層に限る。だからこそ、魔法を使える人間は貴族にも近い。

——そう。このカルラ先生は、貴族に顔が利くのだ。

ちなみにクズトスが没落するときは、カルラ先生も一役買ってくれる。

平民である主人公の勇気ある告発に、心を動かされた彼女が力を貸す、という流れだ。距離を縮める2人。そして、泣きながら爵位を剝奪《はくだつ》され、投獄される俺……。

……胃が痛くなってくる。強大な魔法の使い手で、貴族にも顔が利く。

つまり、俺はここでカルラ先生に粗相をしてはならない。

好かれる……のは無理だろうけど、何とかして普通、くらいの好感度にしなければならない。

なのだが。俺は妙に嫌な予感がしていた。後ろからついてくるカルラ先生のプレッシャーが妙に重く感じるような気が……。

そして、

「ほう。今日は、いつもとだいぶ様子が違うじゃないか」

部屋を移した後、カルラ先生がそう言ってきた。

「というと？」

と返事をしつつ、俺の嫌な予感は続いていた。

思い出した。魔力鑑定には血が必要で、その血を解析するのに、一か月ほどかかる。

ということは、だ。

「この前会った時は、だいぶ偉そうにしてきたのにな。言っておくが、下手《へた》な動きをしない方がいい」

ですよね～～。とてつもなく警戒されている。

カルラ先生はさっきまでのドジっ子感を完全に消し去り、非常にまじめな顔をしていた。

俺にはわかる。いやわかってしまった。

……なあ、クズトスよ。お前絶対、またろくでもないことをしただろ。

「ち、ちなみに前会った時は、どんな感じだったのでしょうか？」

「白々しい。私をいやらしい目で嘗《な》め回すように見つめながら、お付きのメイドに『あ～ん』

をさせていたな」

絶対零度の眼《め》でこちらを見つめてくる作中随一の美人キャラ。

「アハハハ……」

もはや乾いた笑いしか出てこない。

ああああああああああぁぁぁぁぁあ、もう!!!!!!!!!

俺は思った。クズトス……クズっぷりを発揮するのはいいが、お前もうちょぃ相手を見てくれよ、と。


悲報。俺は作中の人気キャラから、絶賛冷たい視線を浴びせられていた。

「あの〜」

「まあいいさ。単刀直入に言う」

やっとカルラ先生が口を開いた。どうやら彼女は、俺とそれほど会話したくないらしい。

なるほどね。そりゃそうか。さっき聞いたばかりだが、こちら側の第一印象があまりにもゴミすぎる。

「君の魔法の属性は——」

カルラ先生の眼と、俺の眼差《まなざ》しが交差する。

「【空間】——世にも珍しい、域外魔法だ」

「…………」

「おい、どうした。喜ばないのか」

そう言って、きょとんとするドジっ子美人。

「なるほど、域外魔法ですか……」

と、表面上和やかに返事をした俺だったが、内心ではめちゃくちゃ泣いていた。

なぜなら、クズトスが嫌われる原因となった魔法——それこそが、この【空間】の魔法だったからだ。

この世界の魔法には、属性がある。

メジャーなところでいうと、火とか、水だろうか。

これらのメジャーな属性魔法は魔力ときちんとした教育機関があれば、比較的誰でも——もちろん程度の差はあるが、習得することができる。

しかし、そんな中、ある特定の人間にだけ扱える魔法属性がある。

《域外魔法》。常人の域を超えた者だけが使える——特別な魔法。

ちなみに、カルラ先生も域外魔法を持っている。そう、だから本当は、俺は喜ぶべきなのだ。

実際、クズトス少年だったら、「グッフッフ、ボクちんは天才だぁ〜〜〜」くらい言うだろう。

が、全然喜べない。そして域外魔法の中でも、特に【空間】は特別だ。

なぜなら、なぜなら……この【空間】の魔法は——

主人公とラスボス専用魔法だから。

まず、【空間】の魔法というのは、空間に関することならほとんど何でもできる、というとんでもない魔法である。

この魔法は、あまりの特殊さゆえに、ほぼ作中でも伝説の属性として扱われていた。

そしてこれは物語後半で明らかになるのだが、『ラスアカ』のラスボスは、正体不明の魔法を使う。

一切歯が立たない主人公のジーク君たち。

だが、仲間のピンチに、ジーク君が覚醒するという熱いイベントがあるのである。

得体の知れないラスボスの魔法に次々に敗れていくヒロインや、仲間たち。そんな時に、今まで得意な属性がないと思われた主人公が、その秘められし才能を開花させるのだ。

そして、主人公の魔法だけがラスボスの魔法に干渉することができた。

そう。ここに来て、ラスボスは気がつくのだ。

――2人が、同じ属性の魔法を使えることに。

この世界でも、属性被《かぶ》りすることは結構あるようだ。しかし、超レアな域外魔法が被ることなど基本的にあり得ない。

俺も大好きな覚醒シーンである。

こうして、【空間】の属性をつかさどる域外魔法は、主人公とラスボスのみが使える魔法と公式で認定されました。

めでたしめでたし……というわけなのだが、後日、公式から驚くべき発表がされた。

――【空間】の域外魔法を持つキャラは、もう1人いる。

この発表に、俄然《がぜん》、考察するファンが急増した。最後の1人は、一体誰なのか。ヒロインの中にいるのか？　それとも新キャラか？　もしかしたら、新しい隠しキャラ？

全プレイヤーが、残された1人に熱い期待を寄せていた。

そして。そんなプレイヤーたちを待っていたのは――

「実は、クズ………じゃなくて、ウルトスでした。実は、彼も初期設定では、空間魔法の使い手だったんですよね～」という公式生放送での発表だった。

当然、ファンは激怒した。

【空間】の魔法って、主人公とラスボスだけだから、特別感が出るのでは⁇⁇

なんでよりによってクズトスなんだよ、と。単なる性格の悪い中ボスじゃないか、と。炎上するSNS、暴言飛び交うコメント欄。

「はぁ……」

その炎上を思い出した俺は、思わずため息をついた。

外れてほしかった。自分とラスボスと主人公にだけ配布される魔法なんて最悪だ。モブからありえない速度で遠ざかっている。

しかも、この場合のクズトスの空間魔法が問題だった。

空間魔法は、それこそ【空間】に関わることであれば、使用者は自由自在に扱えるという特殊な属性である。

その分、他の魔法と比べても使用者が極端に少ないわけだが、その自由度はあり得ないくらいに高い。

そう。いくらクズでも、主人公とラスボスのようなカッコイイ魔法の使い方をしていれば、まだよかったのかもしれない。

が、しかし。そこはどうでもいい方向に才能があることに定評のあるクズトスである。

クズトスの空間魔法の使い方はこうだ。

パターン1、透明になって覗《のぞ》きに使う。パターン2、女子生徒の服を透視する――以上。


……もうめちゃくちゃである。

ラスボスが何もない空間から武器を取り出したり、主人公が仲間を守るために空間に障壁を張ったり、と、あれほどカッコイイ使い方をしているのに、このクズは完全に女子生徒へのちょっかいにしか使っていないのである。

だ、ダサすぎる……もうやだ。絶望した俺は先生の前だというのも忘れ、つぶやいてしまった。

「消えたい……」

「えっ」

◇

少年のその言葉を聞いた時、カルラは自分の耳を疑った。

――なぜなら、少年の眼は、カルラが今までに見たことがないほど寂しそうな眼をしていたから。

カルラ・オーランドにとって、ウルトス・ランドールという少年は、はっきり言って嫌いなタイプの貴族だった。

初めて見たときの印象は、今でも覚えている。

名家ランドール家の次期当主ということもあって、魔力鑑定してほしい、という依頼を受け請ったはいいものの、ウルトスの態度は最悪だった。

横に美人なメイドを侍《はべ》らせ、しかもおやつをわざわざ『あ〜ん』させる。

せっかく魔力鑑定についての説明をしても、こちらをいやらしい眼でじろじろ見てくるだけで、ろくに話も聞いていない。

所詮、貴族のお坊ちゃんはこんなものか。

失望したカルラは、魔力鑑定でも大した結果は出ないだろうと思い、さっさと帰ることにした。

しかし、ウルトス・ランドールの魔力属性は、信じられないものだった。

魔力鑑定は対象者の血を解析する。メジャーな属性であれば、数日もたたずに鑑定できるのだが……。

ウルトスの魔力鑑定は難航した。

「まさか……！」

そして、あらゆる文献を探しに探したカルラは、ある仮説にたどり着いた。

――域外魔法。

そして、ただでさえ珍しいその域外魔法の中でも、【空間】という属性。カルラ自身も珍しい域外魔法持ちではあるが、そんな属性は、古い文献で見かけるくらいだ。

「まいったな」

本来は喜ぶべきなのだろう。しかし、カルラは同時に不安を感じていた。

ウルトスとかいう少年は典型的な嫌な貴族、といったタイプだった。そんな人間に、この力を教えていいものか。

域外魔法というのは、特別だ。それが悪用されて被害者が出るようなことがあったら……。

「もし、その時は……」

もし、そうなったら自分が命を懸けてでも止めよう。

――カルラはそう、覚悟を決めた。

しかし、久々に会ったウルトスは、前に感じた嫌な雰囲気が一切消えていた。さらに、屋敷の中や、兵士たちの雰囲気も良くなっているように感じた。

だが、カルラは信じていなかった。

どうせ、域外魔法のことを告げれば、この前のようにすぐに調子に乗るはず。そう考えていたのだが――

「そう、ですか」

少年の反応は、想像していたのと違った。苦々しい反応、そして、少年の口からこぼれた「き、消えたい」という言葉。

（まさか……!!）

ここに来て、カルラは真実にたどり着いた。

この少年がずっと仮面を被っていたことに。この少年は、域外魔法──そんな力を一切望んではいないことに。

そうだ。そう考えれば、すべてのつじつまが合う。

きっとこの少年は自分の才能に、心のどこかで気が付いていたのだろう。だからこそ、あえてバカなふりをして、愚かなふりをして、他人を遠ざけようとしていた。

「君、わかったよ。君の気持ちは痛いほどよくわかった」

「え、は？　いや、今のは独り言で」

カルラが目を向ければ、ウルトスは慌てて否定していた。

しかし、カルラはもう気が付いていた。あれは独り言ではない、と。きっと本心が漏れてしまったのだろう。

眼が熱くなって、思わずカルラはうつむいた。この少年は、どれだけの重みに耐えていたのか。

同じように域外魔法を持つカルラだからこそ、わかってしまった──少年の強がりに。

カルラは、あまり他人と触れ合うのが好きではない。同性であっても、抱き着くことなどほとんどなかった。

けれど反射的に、カルラは、

「いいんだ」と少年を抱きしめていた。

「いいんだ。そんなに自分を偽らなくても……」

カルラは力いっぱい、ウルトスを抱きしめた。

「ええ……」というどこか困ったような声が聞こえた。

少年はもぞもぞと抵抗してくる。きっと、まだ自分は信用されていないのだろう。

「いいんだ………君も、つらかったんだな。ごめん気が付けなくて……」

だが、カルラは心の底から誓った。

もうこれ以上、この少年を——周りを遠ざけようと、必死に道化の仮面を被っているこの少年を——絶対に1人にしないと。

この不器用で、どこかほっとけない少年の味方であろう、と。


ただ、その後、少年はなぜかメイドに死ぬほど怒られてしまった。

「なぜ、私には抱き着かせないで、あんな一度や二度会っただけの人に抱き着かせているのですか!!!」

と、怒るメイドを必死になだめる少年。

「む……」

慌てるウルトスを見てカルラは思った。

——少年の信頼を得るには、まずは、このメイドからの信頼を得なければいけないのかもしれない、と。

◇

「いやあ」

おかしいぞ、と俺は思っていた。

カルラ先生と邂逅《かいこう》してから、かれこれ二週間ほどがたとうしていた。

「やっぱどう考えてもおかしいよな……なんでこうもモブっぽくなれないのか」

まずは、リエラ。

最近の彼女は、何かがおかしい。せっかく、『あ〜ん』を廃止にしたというのに、彼女だけは『あ〜ん』を割と気に入っていたようだ。

この前だって、

「『あ〜ん』はもうされないのですか……？」とリエラに聞かれ、

「あぁ〜、うんまあ、もういいかな。ちょっと精神が不安定だったんだ、色々あってね」

と、適当に返事をしたら、

「そうですか……私はしょせん、『あ〜ん』する価値もない女なんですね」とうつむいていた。

「……えぇ」

意味がわからない。なんだよ、『あ〜ん』する価値って。

だいぶよくわからなかったが、もう仕方ないので、

「リエラ。君の価値が下がったんじゃない——そう。逆に『あ〜ん』の価値が下がったんだ。今の君には、『あ〜ん』なんかもったいないよ」

と、謎のフォローを入れておいた。ちなみに、その言葉を聞いたリエラは大層ご機嫌だったらしい。

俺が訓練場に行っている間、屋敷の掃除で彼女が鼻歌をごきげんに歌っていた、という噂《うわさ》が俺のところまで届いている。

……本当、女性ってよくわからんな、と俺は前世も含めて、改めて女心の難しさを感じた。

そして。まあ、エンリケはどうでもいいか。彼も、訓練場で元気にやっているようだ。

この前なんて、若い兵士と、

「強さって何でしょうか？」

「強さか。それは——揺るがないことだ」

と一見カッコイイ会話をしていて、たまたま横を通った俺は、聞いていて何とも微妙な気持ちになった。

いや、エンリケ。お前、所詮Fランクじゃん、と。しかも、元Fランクである。

冒険者を一度放逐された人間は復帰が難しい。というわけで、エンリケはこれ以上、ランクを上げられそうにないのである。

そう。彼は、一生Fランクのまま。

……ま、まあ、本人たちが楽しそうにしているんだから、外野がとやかく言うことではないよな、と俺はこっそりその場から去ることにした。

さらに、極めつきは、最近知り合った大人気ヒロインのカルラ先生もちょっとおかしい。

人を拒絶する、孤高の魔法使い。

主人公と関わって少しずつ心を開き、最後にはデレる、というギャップにより数多《あまた》のプレイヤーの心をつかんだ彼女は、俺を見るたびに、

「む」

と、言いながらハグしてくる痴女と化してしまった。

俺と会うたびに、

「……いいんだ」と言って頭を撫《な》でてくるのはやめてほしい。

しかもそれって、カルラ先生のルートの最後の方で好感度が最高に達したとき、主人公をハグしてくれる、という結構レア行為だった気がするのだが……。

カルラ先生が割と当たり前のようにやってくれるので、俺の感動は急速に薄れ始めていた。

そして、先生がそんなことをするたびに、物陰からメイドがこちらを物凄《ものすご》い眼《め》で見てくるから、全然なにもよくない。

ただ、俺は一歩一歩、少し遅い歩みだが、モブ人生に近づけているような気がしていた。

――が、しかし、俺は気がつくべきだった。

原作のシナリオが、着々と進み始めているということに。

3章　強さの根源

それから半年ほどたった。俺は領主の息子としての勉学をしつつ、毎日、エンリケ、そしてカルラ先生に師事していた。

「ウルトス様！」

そんなある日のこと。珍しくリエラが慌てて部屋に駆けこんできた。

「おめでとうございます。一年ほどしたら旦那様と奥様がこちらに戻ってくるようです」

「ああ、もうそんな時期か」

俺は、机で魔法書を読みながら答えた。

ちなみに言い忘れたが、クズトスの両親――クズトス父とクズトス母は、結構人のいい人物で、魔物が活発化してからというもの領地や国内を飛び回っている。

まあそのせいで、息子は可愛《かわい》いメイドに手を握ってもらえないと屋敷の中を歩けない、とかわがまま三昧を始める事態になっていたのだが……。

「で、それで今度、家族で近くの街で会うのはどうか、というお手紙が来ています！」

「へえ」

中々珍しい。可愛いメイドに手を握ってもらえないと屋敷の中を歩けない、というクズトス君はもちろんこの屋敷を出ることはめったにない。

そして俺もモブ人生のためにあまり目立つようなことはしたくなかったので、外に出ようとしたこともなかった。

「で、どこまで行くんだろ」

「リヨンです」

「――リヨン？」

その瞬間、一瞬で血の気が引いた。

「え、えぇ……そうですけども」

不思議な様子で答えるリエラに、矢継ぎ早に質問する。

「リヨンか。街だよな？　近くに村はあったか？」

「あ～。たしか、ちらほらあったような気がしますが」

「父上と母上は、リヨンで何をすると？」

「お食事やリヨンの街の有力者をご紹介したい、と書いておられました」

「そうか」と俺は短く答えた。

息を整える。

リヨン――『ラスアカ』プレイヤーならば、誰もが一度は聞いたことのある街の名前である。

それは、始まりの街。原作開始の3年前、つまり今から1年後、その街である事件が起こる。

その事件を機に、魔力を持たない普通の村人だったはずの主人公ジーク君が修業を始め、メインヒロインの1人は強さを求め、そして何より、クズトスのクズっぷりがより加速し始める。

クズトスの両親とクズトスがリヨンへ。間違いなく、このイベントとつながっている。

……良くないな。うん、これは非常に良くない。

本から顔を上げ、リエラの顔を見つめる。

「……リエラ」

「ウルトス様、なんでしょうか」

少し、俺の雰囲気がまじめになったのを感じたのだろう。

リエラもしっかり背筋を伸ばし、まじめな眼をしてくる。

「エンリケを呼んでくれ。手伝ってほしいことがある、と」

「喜んで」

「それに人払いを」

「かしこまりました」


「坊ちゃん、正気か……？」

「あぁ、もちろん」

俺の部屋に呼ばれたエンリケは、話を聞くなり頭を抱えていた。ざっくり言うと、俺はこのイベントにまつわる話をすべて暴露した。

そうしたら案の定、急に降ってわいた衝撃の事実に、エンリケは思いっきり顔を歪《ゆが》めた、というわけである。

「まず疑問がある」

そう言ったエンリケが、手を上げた。

「だいたい、坊ちゃんの言う通り、本当にそんなことが仮に起こるとしたら、だ。——なんで周囲に協力を仰がないんだ？」

エンリケの疑問はもっともだった。

たしかに、これから起こる事件を、たとえば両親にでも話していたら、もっと楽に解決できるかもしれない——が、

「信じてくれると思うか？　それに、情報が広がれば広がるほど、面倒なことになる」

と、俺は打ち消した。

まあたしかにな、とエンリケも苦々しく同意する。

「それだけの話が漏れたら危ういだろうしな……」

まあ、もっと言うと、俺が他の人には言わない最大の理由は、単に騒がれたくないから、ということもある。

——俺が望むのは凡人。普通。まとも。モブ。

モブのふりをして原作に関わる？　残念ながらごめんである。

原作で一切目立たず、主人公の顔見知りの普通の一般的男子生徒Aに落ち着くことこそが、俺の人生の目標だ。

というわけで、俺のクズレス計画は、まだまだ進行中となっている。幼少期から、そんな大

事件に表だって首を突っ込みたくはない。

「だが正直、結構な賭けだぞ」と、顔を歪めるエンリケ。

なんだかんだ常識はある男なので、エンリケはこちらを心配しているのだろう。

「ここ最近、坊ちゃん。アンタの眼は妙にギラついていた。この俺と一戦を交えたというのは、力を求めていたってわけか」

「あ〜、ま、そうね」

別にこの事件を防ぐために力を求めた、とかではなく、どっちかというと巻き込まれた側だったんだけども……。

というかそもそも、元Fランクと戦ってもたいした経験にはならないんじゃないか？　とも思ったが、目の前のエンリケの表情は真剣そのもの。

まあいいや、正面から敵と戦う予定もないし。Fランクとはいえ、修業に付き合ってくれるのなら御の字である。

「坊ちゃん。なんでそんな真似《まね》を？　わざわざ危険な橋を渡りたがる……？」

またしても、元Fランクの割に鋭い目線が俺を貫く。

「『なんでそんな真似を』か」

思わず、笑みが漏れた。そのままエンリケを見返す。

エンリケの目力と同じくらい覚悟を込める。

決まっているだろう？　と、俺は答えた。なぜなら。

「――それが、俺にとっての義務だからだ」

そう。俺は絶対にいい感じに生き残る。それが自分に課した義務である。

「義務……だというのか？」と、息を呑《の》むエンリケ。

どうでもいいけど、こいつ演技力高いな。もう冒険者というより、俳優向きなんじゃないか⁇

そんな関係のないことを考えながら、一気に答える。

「あぁ。俺は、なすべきことをなす。自分がなすべき、当たり前の行為をな」

力強く、覚悟を込めて。

……いやだって、このイベントをどうにかしないと、最終的に俺、死ぬし。平民が、と馬鹿にしていた主人公たちに、スカッとやり返されるし……。

「なッ……!!」と俺の答えを聞き、またしても眼を見開くエンリケ。

迫真の表情である。

どうでもいいけど、こいつ、本当に演技の道に進んだ方がいいんじゃないか、と俺は何やら深刻な表情をし始めたエンリケの前で、ほとんど関係ないことを考えていた。

◇

「それが義務……だというのか？」

うっすら、眼を細めるようにしてエンリケは、目の前の少年を見つめた。

正直、少年が語ったのは、滑稽にもほどがある話だった。

リヨンと言えば、ランドール領の中でも、規模としては一番大きな街で安定した都市である。

そこで、そんなことが、本当に起こりうるのか……？

少年が語った未来の予測はあまりにも衝撃的だった。だからこそ、エンリケは聞いたのだ。

元Sランク冒険者として威圧を込め、少年に聞き返した。それでいいのか、と。他人に任せる、という道もあるんじゃないか、と。

だが、少年は語った。それが、自分にとっての義務だからだ、と。

元Sランクとして数々の死線を潜《くぐ》り抜けたエンリケでさえも思わず、気圧《けお》されるほどのまっすぐな視線。

その眼は雄弁に語っていた。

「それが、貴族たる義務──『ノブレス・オブリージュ』ってやつか」

なるほどな、とエンリケはやっと納得がいったような気がした。

この少年の強さの理由が。年に似つかわしくない、強さの根源が。

「不思議だな」

エンリケは口を開いた。

「普通の貴族がそんなことを言っても、ただ胡散臭《うさんくさ》い偽善にしか聞こえないが……坊ちゃん。アンタの眼を見たらわかる。本気で自分の義務だと思っているってな」

「お、おう……」

「なら、俺の方も準備を進めておく。久々に、暴れられそうだ――」

と、そこまで言ったエンリケの目の前では、少年が急に席から立ち上がり、窓の方を見つめていた。

「どうしたんだ、坊ちゃん。急に俺から目を背けて」

「い、いやさすがに厨二感が……いやなんでもない。そ、そうか。良かったな……、うん本当に」

「まあいい」

なぜか窓の方に顔をそらした雇い主に呼びかけながら、エンリケは首を鳴らした。

「坊ちゃん。アンタは、このエンリケを好きなように使っていい。何でも言ってくれ」

そう言って、エンリケは部屋を後にした。

血が沸きたつ感覚。

ギルドを追放された時でも、これほどの高ぶりは感じたことがない。

「――楽しそうな祭りじゃないか」

エンリケは、獰猛《どうもう》に笑った。

◇

「お、おう……」

最終的になにか納得したらしい様子で、エンリケは部屋を出ていった。

しかし反対に、俺はひたすら気まずい思いを感じていた。

だって、ねぇ……。

「なんでかわからないけど、あいつ、無駄に強者感を漂わせるの上手《うま》いな」

Ｆランクのくせに、と俺は思った。

よくもまあ、あんなカッコイイ台詞《せりふ》がポンポン出てくるものである。

「久々に、暴れられそうだぜ……」とか、「このエンリケを好きなように使っていい」とか。

さすがにヤバくて、思わず立ち上がり、夕日を見てしまった。

眼《め》がまぶしくてだいぶつらかったが、厨二病モードに入ったエンリケを直視するよりはつらくはないだろう。

……いや、良くないな。そうやって他人を判断するのはよくない。

そう。モブを目指す俺とは、ちょっと目指す方向性に違いはあるが、エンリケも強者に憧れて、強者感を醸し出すのにハマっているのかもしれない。

いや、やっぱあれほどの演技力なら、万年Ｆランクの冒険者よりは芸人とかになってそれなりの街、それこそリヨンとかで、演劇をやっていた方がいいんじゃないかと思わなくもない。

あいつの演技力だったら結構いい線いけるだろうし……いや、でもなあ。

「…………」

俺は、無言でエンリケが去っていった扉を見つめた。

「うーん、『ノブレス・オブリージュ』か……」

なんかこっちを眩《まぶ》しそうに見つめてきたダメ男には悪いが、2文字ほど違う。

ごめんな、エンリケ、と心の中で語りかける。

——うちの場合、『クズレス・オブリージュ』なんだ。

「さてと。死にたくないし、準備でも始めるかぁ」

残された時間は一年間。

かくして、俺はそんな無駄なシャレを考えつつ、クズトスの没落が始まる街、リヨンへ向け、対策することを誓ったのである。

4章「始まりの街」リヨンへ！

「ウルトス様ぁ……」

耳元でささやかれた。こちらの鼻腔《びこう》をくすぐる甘い匂い。右腕のあたりには、しっとりとした柔らかさ。

「リエラ」と軽く注意するが、そんな言葉を意にも介さず、リエラはさらに近寄ってくる。

「……リエラ」

もう一度リピートする。

「何ですかぁ」

と言いながら、甘い声でしなだれかかってくるメイドに対し、俺は真顔で質問した。

「ここさ、どこだかわかってる？」

「もちろんです！」

自信満々といった表情ではにかむリエラ。なるほど、超が付くほどの美人である。

「そっか。じゃあ――」

リエラと目を合わせる。それから、赤く潤んだ瞳に対して、きっぱりと言い切った。

「馬車の中で急に近寄ってくるのはやめよう。危ない」

「えぇ～」

「ええ～、じゃない」

俺が、エンリケは本格的に演劇の道に進んだ方がいいんじゃないか、と思い始めてからはや一年。

現在、俺とエンリケ、そしてリエラは馬車で、屋敷からリヨンへと移動していた。

「それにしても、ウルトス様は結構、荷物をお持ちなんですね」

「ああ、あっちで使うかと思ってね」

嘘《うそ》ではない。

イベント対策を練り始めてからというもの、俺は持っていく荷物にも細心の注意を払っていた。そのせいでだいぶ重くなってしまったような気もするが……。

多分、これで問題がないはず。全部丸く収まり、晴れて俺は原作という舞台から遠ざかることができる、はず……である。

うん、おそらく。

ちなみに、現状、俺の師匠枠であるカルラ先生には、黙って何も言わずに出発した。

たしかに、彼女は強力だ。多分、魔法に限って言えば、現在の俺よりは格段に上だろう。

が、しかし、である。彼女は役に立たないな、と俺は思っていた。

なぜなら――カルラ先生は、おそらく何か勘違いをしているからである。

たとえば、俺がこの前、楽しく新作の魔法を試していたのだが、そんな俺を待っていたのは、カルラ先生の熱烈なハグだった。

「もういいんだ、もういいんだ」と言いながら年下に抱き着き始める痴女。

しかも、ちょっと怪我《けが》をしてしまったのが良くなかったのだろう。

「いや違うんです。たしかに怪我はしましたが、これは僕がやりたくて……」と反論しても、

「うぅ……なんて不憫《ふびん》な……!!」と涙ぐみ始めるのである。

ただの魔法の練習でさえこの調子だ。

リヨンで、これから俺のしでかそうとしていることを知られたら、100%止められるだろう。

というわけで俺はあの暴走系痴女には一言も告げずに出発した。

まあ。バレなければなんとかなるだろう。

むしろ、作中の主人公ジーク君は、よくあんな感じのカルラ先生を操れたものだ。

どう見ても、あんな腹芸のできない美女をよく政治の場に引っ張り出して、クズトスをざまあできたな……と思わずにはいられない。

さすが原作主人公。あの爆弾をいとも簡単に従えるとは。俺はジーク君への尊敬の念を新たにした。

先が思いやられる。

「はあ」

「おいおい、坊ちゃん。どうしたんだぁ？」

クックック……と楽しそうに問いかけてくるのはエンリケである。

「いや、ついに始まると思ってな」

「おや、心配してんのか？　大丈夫さ。坊ちゃん。この一年間アンタを見てきた。このエンリケの名において誓おう――アンタは俺と同等だ。誇っていいぜ」

思わず、座りながらエンリケに見えない角度で脚をつねる。

「……ドウモ」

「修業も中々いい経験になったぜ。あんな戦闘法は俺も見たことが――」

と、ペラペラしゃべりだすエンリケ。

たしかに、リエラも中々の困ったちゃんだが、エンリケも別角度で恐ろしい男だった。

そう。この男は、こういういかにも強そうな強者めいた発言を常にしてくるのである。今の発言を聞いただろうか？？？

「このエンリケの名において～」とか。

いやさ、そういうのあるよ。聞いたことある。でもそれって、めちゃくちゃ強い人が言って初めて成立するセリフである。

ゲームの中でもたしかに上位の冒険者は、それこそ天井知らずに強かった。

が、だいたいそういう強い人間って外見でわかるものだ。高そうな金ぴかの鎧《よろい》をまとっていたりとか。明らかに雰囲気があるのである。

対するエンリケはどうか。俺は「さぁて、腕が鳴るぜ」などとかませ犬にぴったりな発言をしまくるエンリケを見つめた。

……ボロボロの外套《がいとう》。金を持っていて強そうな雰囲気は一ミリもない。どこに出しても恥ずかしくない立派なFランク冒険者である。それも追放済みの元Fランク。

「それにしても、嬢ちゃん。その……」

と、エンリケが困ったような顔で口を開いた。

「随分と楽しそうだな」

「えっへっへ。わかります？」とリエラがにこやかに答えた。

そして、何を隠そう。今回の道中で、一番テンションが上がっているのがリエラだった。

「た、楽しそうでよかったよ…………うん、リエラ」

俺は彼女が上機嫌な理由を知っていた。なぜなら——

「だってウルトス様……！　ウルトス様が仰《おつしや》ってくれたんですよ。リヨンに着いたら、好きなだけ『あ〜ん』をしてもかまわないって！」

心底楽しそうに言う彼女。

うん。いや、たしかに言った。

俺は数日前に、リエラにそう告げた覚えがある。

が、しかし。それはあくまでもイベント通りに事を進めるためである。

つまり、今回のリヨンの街のイベントが起きるためには、途中まで俺はいかにも、貴族のバカ息子を演出しなければならない。一芝居を打つために、リエラに『あ〜ん』を許可したのだ。

「リエラ。わかっていると思うけど、その……あれだよ？　あくまでも演技だからね、演技」

一応くぎを刺しておく。

が、リエラはそんな俺の発言すらも上機嫌すぎて聞こえなかったらしい。

「実は私、ウルトス様が最近、全然『あ〜ん』をさせてくれなくって…………メイドとして、女性として自信を失っていたんです」

「女性として……？？？？？」

「はい。素敵な男性に『あ〜ん』させてもらえないって、とても傷つくのですよ」

「…………」

あ〜んってそんな価値があるのだろうか。

この子は『あ〜ん』教の教祖様か何かだろうか、と俺は思った。

「ウルトス様…………」

リエラが、凛《りん》とした表情でつぶやく。

「――私、きっと『あ〜ん』をするために生まれてきたと思うんです」

言っていることが最高にいかれていることを除けば、とても仕事のできそうなメイドに見える。

ちなみに、眼でエンリケに、

「この辺には『あ〜ん』を尊ぶ文化があるのか？」とアイコンタクトをしたところ、「知らん知らん」と若干おびえたような眼で首を振ってきた。

もうそろそろ怖くなってきたので、「いいから話を変えろや」と眼でエンリケに指令を出す。

「つまり、『あ〜ん』は演技ってことだな！　な!?」

急にエンリケが声を張り上げた。いいぞ……!!

俺は、このときほどエンリケに感謝したことはなかった。今までさんざん演技の道に進め、とか、進路を変えろ、とか散々なことを思って、本当に申し訳なかった。

エンリケ。君は優秀な男だ。

「そ、そうだ。そうだよエンリケ。演技なんだよ、当たり前だろう？」

いけ。もっとだ。このままだと俺は、『あ〜ん』教に入信させられそうになってしまう。

「つまり、あれだろ？」

「？？？」

が、しかし。俺はエンリケを舐《な》めていた。

「坊ちゃんが前にやった――」

エンリケがしてやったり、みたいな顔で笑った。

「ビキニアーマーと同じってことだなぁ!!」

「「…………………」」

無言になる車内。俺は久しく感じなかった恐怖を今、感じていた。

お前……せっかく『あ〜ん』から話をそらしたのに、なんでそっちをほじくり返すんだよ。

恐る恐る、リエラの方を見つめる。

そしていやな予感を感じた俺の目線の先には、

「えっ、そんなビキニアーマーと、『あ〜ん』……私はどっちにすればいいの⁇⁇　いやむしろ、ビキニアーマーを着て『あ〜ん』ができるチャンス⁇⁇　そんな禁断の行為が許されるの？？？？」

ぶつぶつと高速で独り言をいうメイドがいた。

やめてくれよ、と俺は無言で願った。

俺はあくまでも、大きな街で、イキがっているその辺の貴族のバカ息子のふりをしたいのである。そうやって、気配を隠しつつイベントを見守りたいのだ。

それが……ビキニアーマーを着せて、『あ〜ん』をさせる⁇⁇

もうそれは完全に狂人だ。

『イキがっているその辺の貴族のバカ息子』ではなく、ただの『異常性癖坊ちゃん』だ。どう見てもやベーやつである。目立つに決まっている。モブから程遠すぎる。

「……リエラ」

俺は意を決して呼びかけた。

――こうして俺は、リヨンに着くまでの間、

「ビキニアーマーだったらどのようなビキニアーマーがお好きですか？？？？」

とやる気満々のリエラに対して、頼むからそれだけはやめてくれ、だったら普通の『あ〜ん』をしてくれ、と、なぜかリエラに普通の『あ〜ん』を求めて、拝み倒すことになったのである。

運命を変える一戦。

ここで俺は賭けに出なければならない。

が、俺の目の前にいるのは忠誠心だけはあるメイドと、わけのわからないイキリ冒険者。

涙が出てきた。

「ウルトス様、いかがされました？」

「ふんっ、坊ちゃんよ。嬉《うれ》し泣きは戦のあとまで取っておくんだな」

こちらの気も知らず暢気《のんき》に笑う2人。俺は天を見上げた。

――本当にこいつらでよかったのか、と。


こうして、リヨン――規模だけで言うと、王都に勝るとも劣らない大都市に俺は到着していた。

中心部の賑《にぎ》わいを抜けて、少し奥まったところにある閑静な屋敷。そこが、ランドール家のリヨンの別宅である。

一晩そこで休み、翌日に屋敷に来るという両親を待つ。


そして翌日。

俺は街の中心部にある店で、楽しそうにショッピングをするリエラに付き合わされていた。

本当はそのまま屋敷で両親を待っていたかったのだが、リエラがどうしても買い物に行きたいというので連れてきたのである。

「ウルトス様これ……似合いますでしょうか？」

「うんうん、いいね」

「……えへへ」

服を見るリエラの眼《め》は真剣そのもの。

いい笑顔だ。彼女は忠誠心がアレなだけであって、普通に過ごしていたら単なる美少女なのである。

まあ本来ならば、クズトスによってクビにされてしまう彼女が、こうも立て直せてよかったのかもしれない。

「じゃあ私、他のところも見てみますね！」

「はいはい、遠くまでは行かないようにね。エンリケもいないんだから」

エンリケは、すでにとある用事のために他に行ってもらっている。

そんなこんなで楽しそうに買い物をするリエラを横目で眺めていると、ふと店員のおばさまが軽い調子で話しかけてきた。

「あらあなた、どこぞのお坊ちゃま？」

「あ〜、ええまあ」

さすがにこちらがランドール家の息子だということはバレていないらしい。

「リヨンはいい街でしょ？　これも領主……というより、この街を治める市長のおかげでね」

「へえ」

気になったので聞いてみると、リヨンの現状はこんなところらしい。

天才的な才覚を持った市長――グレゴリオ。

爽やか、かつ才覚あふれる市長により、街の治安は安定し、財政もうなぎのぼり。グレゴリオは冒険者ギルドや騎士団とも協力し、治安の維持にも乗り出している。

おかげで今や、市民の間では元々の領主ランドール家よりも市長への支持が厚いらしい。

「なるほど……そういうことで」

まさかお姉さまもそのランドール家の息子に言っているとは思わないだろう。

「でも、闇ギルドもまだまだ根深くてねえ」

「非合法のギルドでしたっけ？」

そして、リヨンほど大きな都市になると、それ相応に悪いやつらもいるらしい。

「そうね、現市長グレゴリオ様が何とか数を減らそうとは頑張ってくれているのだけど……でも、あなた思ったよりもまともなのね」

「はい？」

「いやあ、最近の貴族の子はどうも高飛車でねえ～」

止まらない店員の愚痴。どうやら最近、貴族の子供に因縁をつけられたりして鬱憤がたまっていたらしい。きっとこういうところからも、貴族層が支持を落としているんだろう。

「ウルトス様ぁ～！」

「ん？　はいはい」

そんな風にして情報を収集しているとリエラに呼ばれた。

店の奥の方へと行く。

気合を入れるべき時が来たのかもしれない。支持を落とす貴族層と人気の市長。まったく……完全に原作のイベントと全くと同じ構図である。もはや、ストーリーは始まっていると言っても過言ではないだろう。

「なんだい、リエラ」

試着室のカーテンをふぁさっと開ける。そう。始まっているのだ、俺の眼の前に、運命を懸けた戦いが――

が、しかし。

「えっ」

試着室の中から、俺の眼の前に現れたのは、ビキニアーマー。

というか、もっと詳しく言うとビキニアーマーを身にまとったリエラだった。

「ど、どうでしょうか？」

「…………」

リエラは美しかった。ビキニアーマーとかいう変態的装備をここまで着こなせるメイドはそうそういないだろう。

が、

「いやいやいやいや」

だいぶまずい。たしかに、ゲームの中でも「ビキニアーマー」という装備は存在していた。18禁ゲーだし、多少際どい格好の装備もあることにはあった。しかしそれはあくまでもネタ装備的な扱いであった。

おそらく、それはこの世界でも同じだろう。

ということは、だ。この世界でも昼間から「ビキニアーマー」をメイドに着せる貴族なんてのは、確実にろくでなし確定なのである。

「リ、リエラ……！」

俺はあくまで細心の注意を払い、試着室へ戻ってくれと眼で合図した。

しかし最悪のタイミングで、先ほどの店員が駆け寄ってきてしまった。

「お客様いかがでしょうか——」

「「あ」」

リエラの格好を見た店員が一気に信じられないといった顔になった。さげすみの表情。

「ちっ、ち違うんだよ。ね？　リエラ？　これはふざけてっていうか。いや、こんな服装もあるなんてすごいな～、さすが大都市。いやいや、リエラ。こんな服をふざけて着るなんてお店に悪いよぉ——」

が、俺は忘れていた。リエラの忠誠心は無限だ、と。

「いえ、ウルトス様！　ウルトス様は昔から何かあるたびに『ビキニアーマー』と仰《おっしゃ》っていました!!　この不肖メイドリエラ、全身全霊をもってビキニアーマーを着させていただきます!!」

　というか、リエラは忠誠心を上げすぎたおかげで、おそらく羞恥心をどこかに置き忘れたのだ、ということを。


　店内はリエラの暴挙、というより、俺に対して静まりかえっていた。

「おいおい、なんだよあの坊主……相当の変態だな」

「ビキニアーマーってあれだろ？　店の奥にふざけて置いてあったあの」

「ああ……、昼間っからあんな格好をメイドにさせるだって？　いいご身分だよな……まったく。これだから貴族のガキってのは」

「……ハハッ、アハハッ」

　もうダメ。

　10分後。俺は死んだ目で店を出ていた。

　なんということでしょう。先ほどまで軽快なトークでおしゃべりしていた店員ももちろん目を合わせてくれない。代わりに白い視線が後ろから突き刺さる。

　確実にこの噂《うわさ》は流れてしまうだろう。貴族としての評判を取り戻す闘いなのに、幸先《さいさき》が悪すぎる。

「ウルトス様。私……これをその……屋敷で着てもよろしいでしょうか？」

「……リエラ」

「はい？」

「もしかして、俺のこと嫌いだったりする？？？」

「ええええ、いえ！　そんなこと絶対にありません!!」

そして、夜。昼間のリエラの奇襲によって受けたダメージがなんとか癒え、俺は久々に会う両親と食事をしていた。

「いやあ、ウルトス。久々だねえ。元気だったかい？」

「そうよ。中々会えなくて、申し訳なかったわね」

「いえ、お久しぶりです。父上、母上」

目の前にいる、父・ドミニク、母・アマーリエと軽く会話をする。

「いやしかし、お前が元気でやっていると聞いて嬉しいぞ。なんでも——域外魔法を顕現させた、とか。いや、本当に素晴らしい。私も、アマーリエもそれほど魔法に秀でているわけではないからね」

と、ドミニクが言えば、アマーリエも、そうねえ、と同意する。

「ちょっと、先生を選ぶときには不安があったが……」

「不安ですか？」と俺は問い返した。

食事の手が止まる。なにか、いやな予感がした。

たしかに、なんでカルラ先生がクズトスの屋敷に来たのかは謎だったが……。

「ああ、なんでも高名な魔法使いを呼ぼうとしたら、ウルトス。お前が『絶対に女性じゃなきゃ嫌だ！』と泣いて駄々《だだ》をこねてなあ」と父。

うっ……。

「ねえ……しかも、年齢は20代から30代までって、言いだしたら聞かないし……高名な魔法使いで、それほど若い方は少ないしねえ」と母。

う、う……。

「まあでもよかった。あのカルラ・オーランドも相当の才能の持ち主だと聞いている。その才能がお前と共鳴したのだろう」

納得した様子で、笑い合う両親。２人は、ウルトスにもそれなりの考えがあると思っているようだ。

が、しかし。俺にはクズトス少年の下心が手に取るようにわかってしまった。

クズトス……お前……絶対何も考えずに美人を指名しただけだろ。

「はい、良かったです。本当に……」

とまあ、俺は一方で胸をなでおろしていた。

クズトスの両親はいい人だ。基本的には性格が良く、人を疑うような真似《まね》はしない。

領民や領地を大事にして、それを次世代に引き継ぐ。いい貴族のお手本といったような趣である。

が、しかし。どこか心の奥底で、俺は危機感を覚えていた。たとえば、最近の魔物の増加について聞いてみると、

「なあに、大丈夫さ、ウルトス。お前も知っての通り、近年、魔物は増えているが、あくまでも偶然だ。少したったら収まるだろうさ」

また、最近の政治について聞いてみても、

「う〜ん、まあそうだな。王都の方では、色々とキナ臭い動きもあるようだが、心配ない。すぐに収まると聞いている」と笑ってみせる。

危ういな、と俺は考えていた。いや、おそらく両親はいい領主なのだろう。

人の訴えをよく聞き、じっくりと物事を考える。現に、ランドール領の安定ぶりは国内でも群を抜いている。

——が。それはあくまでも、このままの状況が続けば、である。

残念ながら、ここは『ラスアカ』の世界。両親が思うようにはいかないのだ。

というか、ここからはとんでもない事態のオンパレードが始まる。魔物の大量発生は終わらず、盗賊ははびこるわ、伝説の竜は復活するわ、最終的には世界を滅ぼそうとする組織まで暗躍する始末である。

結論。そういう魑魅魍魎《ちみもうりょう》が跋扈《ばっこ》する18禁ゲーの世界では、両親はついていけない。

そして何より——もうすでに暗躍は始まってしまっている。

もっと言うと、このイベントがきっかけとなり、クズトスの両親は徐々に立場が悪くなって

しまうのである。

「そういえば」と言いながら、俺は屋敷の中を見渡した。

屋敷の中は、中々高級そうな品々が揃《そろ》っていた。

絵画に、銀の食器、高そうなワインなどなど。アマーリエが着けているネックレスなども、宝石が大きく高級そうな品に見える。

「中々、いい品ですね」

ああ、そのことか、とドミニクが恥ずかしそうに首を振った。

「実は、リヨンの市長――グレゴリオ、という男なのだが、彼の贈り物がすごくてね。自分は質素に暮らしている、というのに、私たちに頻繁に贈り物をしてくるのだよ。私自身、あまり贅沢《ぜいたく》なものが好き、というわけではないのだが、どうも断りにくくてねえ」

なるほど。贈り物、か。それから間髪入れずに尋ねる。

「顔見せを行う、という話は、その方とでしょうか？」

そうだ、と頷《うなず》く両親。どうやら両親的には、その市長と会わせたがっているらしい。

早めに、息子に有力者とのコネクションを作っておかせたいのだろう。

「ウルトス。どうしたんだい？　不安かね？　いや少なくとも、悪い男ではない。有能だし、よく働いてくれている。しかも、たまたま他の貴族も、リヨンに集まっていてな。ちょうど同じ年代の貴族の子を集めて、顔合わせの機会を作ってくれているらしい」

「それはぜひぜひ――」

俺は頭を下げた。

「よろしくお願いします」

ついに来たな、と思いつつ。

5章　暗躍の始まり

——翌日の夜。

俺は、ざわめくパーティー会場の中にいた。

貴族の夜会。リヨンの街の中で、一番豪勢な場所で催されたそれは、まさに圧巻だった。両親が言っていたように、最近、リヨンでは貴族が集まる会議があったらしい。

その会議自体は終わったのだが、暇を持て余した貴族たちが、この夜会に多く参加している。

ぎらつくシャンデリアに、見るからに高級そうな設備の数々。この場にいるだけで、モブから遠のく気がする。良くない。

そして、そんなただでさえ自分の趣味と合わないパーティー会場で、さらに俺の気を重くさせる存在がいた。

なぜなら——

「ランドール公爵。そろそろ、ご子息をご紹介して頂いても？」

「あぁ、こちらが私の倅《せがれ》です。ウルトス、こちらはリンドーア子爵で……」

紹介されたので、俺は恭しくリンドーア子爵にお辞儀をした。

そう。さっきから、こういう媚《こ》び全開の貴族から送られるお世辞がすごいのである。

リンドーア子爵も同じタイプの貴族だったようで、俺が挨拶するなり、

「おぉ……何たる立派な挨拶……!!　さすがはランドール公爵家の一人息子、といったところですなぁ～～!!」

と、でかい声で割と無茶苦茶《むちゃくちゃ》な褒め方をしてきた。

「…………」

いや、嘘《うそ》臭すぎる。挨拶が立派だからって……。俺は今すぐ出口に直行したくなった。

しかし、リンドーア子爵は止まらない。

「こんな賢そうなご子息がおられたら、将来は安泰でしょうな!!!」

よく他人の家のガキの挨拶の仕方で、将来が安泰かどうかわかるものだ。

まあでも、たしかに今のところ、俺は目立たない様に両親の後ろにくっついているだけなので、挨拶くらいしか褒めようがないのかもしれない。

そして。さらに、もっと言うと、こんな感じのがひっきりなしに続くのである。

父親がランドール公爵という超ビッグネーム故か、とんでもない頻度で話しかけられている。

作中でも、主人公のジーク君が貴族とのつながりを持つために、夜会に参加、という場面もあったのだが、いつもワンタップで終わらせていたので、こんなに大変だとは思ってもみなかった。

やっぱ、ジーク君すごいな……。早く世界を救ってくれ。

そしてついでに俺のことも、この頭が痛くなりそうな会場から早く救ってほしい。

すると、俺のげんなりとした様子を感じ取ったのか、

「ウルトス様……大丈夫ですか？」とリエラも小声で心配してきた。

「大丈夫だよ」

実際、貴族同士の腹の探り合いに、うんざりとしていたのは本当だが、俺にはどうしてもここにいなければならない理由があった。

おそらく、ゲームのように事態が動くのであれば、そろそろ相手の方から接触してくるはずだった。

そうして。なんやかんやで紹介された人数が20人を超えたな、と現実逃避もピークに達しはじめたところで、とある声がした。

「いやいや、ようこそお越しくださいました。ランドール卿《きょう》」

声がした方を向くと、爽やかな風貌をした30代くらいの男がいた。

これまでの貴族とは違い、それほどゴテゴテした服は着ていないが、どこか気品を感じられる男である。

男が深々と礼をする。

男が現れた瞬間、周囲から、ひそひそと静かなささやき声が聞こえてくる。

「あれが、グレゴリオという男か……」

「……かなりの切れ者らしい。噂によれば、ランドール公爵とも懇意にしているとか」

そんな男に、父、ドミニクが待っていたとばかりに近づいた。

「ああ、グレゴリオ!!　良かった良かった。主催者の君が見つからなくて困っていたんだよ」

それから、男を俺に紹介する。

「ウルトス。こちらは、グレゴリオ――リヨンの市長だ。本当に仕事熱心で、リヨンが安定しているのは彼のおかげだ。最近では、魔物の大量発生のせいで、領地にいない私に代わって色々仕事もしてくれている」

「いやいや、こちらこそ会えて光栄ですよ、ウルトス様」

初めまして、と言う男は爽やかに笑っていた。

「市長なんて呼ばれているが、私はもともと商家の出身でね。お父上には取り立ててもらった御恩があるのですよ」

と、手を差し出してくるグレゴリオに、俺も「初めまして」と挨拶を返した。

いや。正確に言えば、「初めまして」ではない。

俺はこの男を知っている。なぜなら、ゲーム内で何度か見た顔だからだ。

やっと会えたな、と。


――グレゴリオ。

まあ、クズトス本人も幼いころから十分にクズになる素質が見え隠れしていたが、このグレゴリオこそが、本編でクズトスがあれほど家柄を鼻にかけ、ただの村人である主人公に嫌がらせをしまくる、というどうしようもないクズになるきっかけを作ってくれた張本人である。

あと、彼はリヨンの市長だが、ぶっちゃけランドール家の弱体化を狙っている。

そして、我が父上と母上はそんなグレゴリオ君に全幅の信頼を置いている真っ最中、というわけである。

リヨンの政治に口を出すだけじゃ飽き足らず、ランドール家にも口を出してくるなんて……。父上の説明にもあった通り、本当に仕事熱心で素晴らしい市長だ。感動で涙が出てくる。

――が、しかし。

同時に俺は、やつを目の前にして、本当にすごい演技力だ、と感じずにはいられなかった。爽やかな笑顔に、立ち振舞い。クズトスを調子に乗らせ、作中でも主人公と敵対するような人物には到底思えない。

もしや、あのエンリケと同等の演技力なのではないか？


そうして少しの会話を挟んだ後、「あぁ」とグレゴリオが急に何かを思い出したように両親に呼びかけた。

「そういえば、あちらの方でベルツ伯爵がお探しでしたよ。行かれた方がよろしいかと」

「いやでも」と少し両親は躊躇《ちゅうちょ》していたが、

「大丈夫ですよ！」と大げさな様子でグレゴリオが言葉を重ねる。

「見たところ、ご子息は優秀そうですし、側に侍女も控えておられるではありませんか。そしてちょうどいいことに、私も、ご子息と同じような年頃の子を集めて、顔見せの機会を作ろうとしていたのです」

そんな両親に畳みかけるようにして話すグレゴリオ。

そうか、と納得した様子で、両親は別の方へと去っていった。

両親を見送った後、

「いやあ、挨拶というのも中々疲れるよねえ」とグレゴリオが気さくに話しかけてきた。

さっきまでの硬さが抜けた彼は、ちょっと年上のお兄さんみたいな雰囲気を醸し出していた。

まあ実際は、とんだ詐欺師のお兄さんだが。

「そうですね」と返事をすると、グレゴリオは周囲には聞こえない程度の声で、ささやいてきた。

――もっと楽しいところに興味はないかい？　と。

「楽しいところ、ですか……？」

俺が不思議そうに聞くと、グレゴリオは穏やかに笑った。

「ああ――君は特別な生まれなんだ。そんな特別な君にふさわしい場所に行かないかい？」

グレゴリオ兄さん曰《いわ》く、「楽しい場所」に案内されている間に、俺は、このイベントのことを思い返していた。

さて。『ラスアカ』において、リヨンは始まりの街と呼ばれている。

なぜなら、主人公のジーク君が英雄を目指すきっかけとなる事件が起こるからだ。

あらすじとしては、こんな感じである。

◇

主人公のジークは、リヨンの街の近く、ラグ村に住む村人である。

ジークの父親は、リヨンの街の騎士団の団長をしており、当然、ジーク君もそんな父親に憧れ、修業に明け暮れる日々を過ごしていた。

そして。ある時、隣のハーフェン村に貴族のお嬢様が来た、という話を聞き、ジーク君は興味津々で会いに行く。

そこにいたのが、メインヒロインの1人——イーリス・ヴェーベルンである。

彼女は、辺境出身の貴族の娘で、多発する魔物災害のため、親と一緒にリヨンの会議へと参加する途中で、村に泊めてもらっていたのだ。

若い2人は意気投合。ジーク君が「僕が君を守るよ」と誓い、イーリスも頰《ほお》を赤らめてうなずく、という王道幼馴染《おさななじみ》ルートが開拓されるのだが——

が、しかし、である。ジークとの再会を誓い、リヨンへと着いたイーリスを待っていたのは、堕落しきった高位貴族たちだった。

会議が終わっても、盛大な夜会で享楽の限りを尽くし、肝心の魔物対策は後手後手。しかも、名君と呼ばれたランドール公爵でさえ、彼女の眼《め》には、遊び惚《ほう》けているように見えてしまった。

さらに悪いことに、次期ランドール公爵（俺）は、もっとひどい遊び方をしていた。同じような地位の貴族のバカ息子たちと、女性を侍《はべ》らせ遊ぶクズトス。

もちろん、正義感にあふれる彼女は、そんなクズトスを問い詰めた。

——あなたは貴族としての義務を、何だと思っているの、と。

だが、そんな彼女の質問に、あろうことかこの国を担うはずのウルトスは嘲るような口調で、こう言うのだ。

「辺境の娘ごときが、偉そうにボクちんに指図するつもりか！」と。

なんなら、「その美しさに免じて、ボクちんの妾《めかけ》になるなら許してやってもいいぞ」と謎の上から目線を披露し、プレイヤーを軒並みイラつかせる始末。

当然、これまで中央の貴族に憧れをもっていたイーリスは大きなショックを受け、逃げるようにしてリヨンを去る。

そして、そんな道中、彼女は謎の連中にさらわれてしまう——

◇

彼女がさらわれてからは、後半のゴリゴリの戦闘パートに移るのだが、ここまでが、このリヨンのイベントの前半パートになる。

……うん、素晴らしい。

このように、我らがクズトス少年は至るところで、大活躍してくれるのだ。

ちなみに、この件がきっかけでクズトスは、後々、学院に入学した後、昔振られたイーリスと平民のジーク君を邪魔するために、青春を費やすことになり、最終的に見事ボコボコにされる、というわけである。

う、嬉《うれ》しくねえ……。


「さあ、もうすぐですよ」というグレゴリオの声で、俺は意識を現実に戻した。

夜会の会場から少し離れた場所に、俺は案内されていた。

まあ要するに、一見優しそうなグレゴリオ兄さんは、ランドール公爵家の次期当主を人目に付かないような遊び場に案内し、堕落させようとしているわけである。

ありがた迷惑この上ない。

建物の前には、ゴツそうな見張りの人間も何人かいる。セキュリティはしっかりしているらしい。

グレゴリオの目配せで扉が開き、その中へと入る。そのまま豪勢な廊下を進む。

なんだか違法な雰囲気がぷんぷんする場所である。

雰囲気も良くない。見張りの人間もいるが、明らかに堅気の人間ではなさそうだ。ところどころで、筋骨隆々の筋肉ダルマが「へっへっへ」と笑っている。

怖い。さらに、歩いている途中でも、グレゴリオの弁舌は止まらない。

「世の中には、2種類の人間がいるんだ」

「……2種類ですか？」

「そう!!　選ばれし特別な人間と、そうでない人間。そして、君は明らかに前者だ。前者は、後者をどう扱ってもいいんだよ」

と、いたいけな子供に、ナチュラルに選民思想を植え付けてくるグレゴリオ市長。

まあ、要するに、グレゴリオ兄さんが案内してくれたここは、高位貴族の子息専用の遊び場で、グレゴリオ兄さんのお話にすっかり影響を受けた作中のクズトス少年は、「ボクちんは権力があって特別なんだ……!!!」と俄然《がぜん》、その気になってしまう。

控えめに言って、最低の市長である。

まあでも、たしかに、グレゴリオの弁舌はめちゃくちゃにうまかった。

──自分は特別なんだ。たしかに、高位の貴族の子弟は多かれ少なかれそんな特権を持っている。

そんな人間の意識をくすぐるかのような話しっぷり。

そして。なおも、「君は選ばれし者だ！」と演説してくるグレゴリオの横を歩きながら、正直、俺は緊張していた。

つまり、ここで俺はイベントを進めるために、あえて女性や遊びに溺れるクズな坊ちゃんを演じなければならないのである。

だからこそ、俺はリエラに、「好きなだけ『あ～ん』をしても構わない」と、前もって許可を出していた。

かといって、クズ坊ちゃんムーブをやりすぎれば、そのまま『ボコボコにされ死亡』直行ルートなので、俺はここで出会うはずのヒロインのイーリスに嫌な印象を持たれつつ、

「あれ？　こいつ、実はちょっといいやつなのでは⁉」という良い印象も与えたかった。

——そう。つまり、結論。

めちゃくちゃ面倒くさいことになっていた。

「——さあ、特別な君にふさわしい場所だ」

案内され、部屋の前に立つ。

扉の向こう側からは、談笑する声が聞こえた。おそらく、俺と同じような貴族のバカ息子のたまり場なのだろう。

つらい。なぜ地味に生きたいだけなのに、キラキラのうるさい場所を逃れられたと思いきや、こんな遊び場に連れてこられなきゃいけないのか。

さっさと終わらせよう、と俺は思った。

このイベントをさっさと消化し、これからは真人間として生きていく。曇りなき、３６０度どこから見ても恥ずかしくないモブに。

横を見れば、グレゴリオはかすかに笑っていた。おそらく、グレゴリオはこちらを見下しているのだろう。

乗せられやすい、貴族のガキだ、と。俺は今のところ、それに乗るしかない。

——リエラ、頼むぞ。

俺は後ろに控えるリエラに目配せをした。この計画には、リエラの協力が必要不可欠だ。

「あ、あぁ。そこにいるメイドかい⁇　気にしなくていい」

グレゴリオはどうやら、俺がリエラのことを気にしている、と考えたらしい。

「何か不利な噂《うわさ》が立ったら、僕も握りつぶしてあげるよ。ランドール公爵家の次期当主とリヨンの市長。僕らの力があれば、何も恐れることはない」

ニヤニヤとグレゴリオが語りかける。

そんなグレゴリオに、

「僕は特別……⁇」と俺は、最大限の演技をしながら答えた。

「その通り……‼　このメイドも、君の好きなようにできるんだよ」

ささやくようにして、グレゴリオが手を広げた。

グレゴリオのテンションは絶頂だった。まさしく、クライマックス。グレゴリオはきっと俺を堕《お》とせた、と思っているのだろう。

「…………」

が、俺はひたすら微妙な気分になっていた。

本来であれば、俺はここで感動して、作中のクズトスっぽく、

「ボクちんは特別なんだ……‼」とグレゴリオに心酔したような演技をするはずだった。

が、俺は目撃してしまったのである。

俺とグレゴリオが向き合うその後ろで、「このメイドも、君の好きなようにできるんだよ」という発言を聞いたリエラが、小さくガッツポーズを作っていたのを。

「……………あ、あぁ」

結局。俺が、そちらに意識を取られたせいで、

「……そ、そっかぁ。僕は、特別だったんだなぁ〜〜」

なんだかすごい気が抜けた発言になってしまった。

……リエラよ。

俺は、結構まじめにやっているんだ。こっちだって、死ぬのだけは避けたいのである。

だからさ。頼むから、このシリアスな雰囲気でガッツポーズはよしてくれないかい？？？

周りは、敵だらけ。しかも、ここに集められたのは選民意識の強い、貴族の子息ばかり。

そんな中、俺はなるべく原作通りにイベントを進めつつ、将来的なクズルートにつながらないよう、努力しなければならない。

そんな非常に高難易度な任務の中——

「……大丈夫かなこれ」

グレゴリオに聞こえない様につぶやく。

本来、唯一の味方で、一番心強いはずのメイドが、一番心配なんだが……。

マジで大丈夫かな、このメイド……と、俺がリエラに一抹の不安を覚えてから、数時間後。

俺は貴族のクズ坊ちゃんたちのたまり場で、楽しそうに遊ぶ、という苦行を味わわされていた。

「いやしかし、最高ですね。ここは、何しても許されるし」

俺の向かい側の椅子に座っている貴族の馬鹿息子Aが、そう言っていやらしい笑みを見せる。

うん、クズだ。

「クックック……出されるものも豪勢で、口うるさく言う人間もいないしなあ！」

と、さらに、俺のちょうど右斜め側の椅子に座っている貴族の馬鹿息子Bが、そう言ってこちらも勝ち誇った笑みを見せる。

うん、どこに出しても恥ずかしくない立派なクズである。

しかも、このバカ息子たちは――

「この大都市、リヨンの市長までも、僕らの威光に恐れおののくとは思いませんでした」

「なあ。やっぱり俺たちは特別だったんですねえ!!」

「「ですよね、ウルトス様!!」」

「……あぁ……そうだな」と俺は頬をぴくぴくさせながら答えた。

これである。つまり、この2人は完全にリヨンの市長グレゴリオが、自分たちの威光に恐れおののいて、こんなに接待してくれていると思い込んでいるのだ。

「クックック……まあやつが使い物にならなくなったら、捨てるだけですね」

「そうそう。所詮、やつは獲物。それまで搾り取ってやりますか」

と、いかにも小物そうに偉ぶるバカ息子×2。

いや、そんなわけがないだろ、という言葉が喉まで出かける。

利用されている哀れな獲物は、こっち側である。

グレゴリオはそんなに甘くない。もっと正確に言えば、グレゴリオが原作に登場するのは、クズトスよりも後、である。

つまり、学院に出てくる中盤のうざい中ボスのクズトスなんかよりも、よっぽど強敵のキャラなのだ。

しかも厄介なことに、この2人はランドール公爵家より位が下ということもあって、俺にめちゃくちゃ同意を求めてくる。

「そ、そうだな……アハハハハ……搾り取ろうかいっぱいね……うん」と曖昧にごまかす。

まあ、それは置いておいて——しかし、この秘密のクラブは乱れていた。

時たま美人が際どい衣装で現れ、食事やお酒を提供してくる。

ちなみに、お酒を提供されるたびに、俺は「こんな安酒が飲めるか!!!」と言って酒を拒否していた。

こんなクラブで、べろんべろんになるわけにいかない。文字通り、冗談ではなく、俺の生死が懸かっている。

いや、そもそも未成年だし。

というわけで、俺が代わりに要求したのは「水」だった。

「こんな安酒じゃなくて、水をよこせ!!」と言い放った時のエッチなお姉さんの困惑した顔は忘れられない。

そりゃそうだ。用意された最高級の酒を「安酒」と称し、「水」を要求する。

もう、貴族のバカ息子とかではなく、単なるバカである。

とまあ、こんな感じで、頑張ってクズぶっていた俺だったが、しかし。俺を悩ませるのは、それだけではなかった。

俺を一番悩ませている存在。それは——

「はい、あ〜〜ん」

何を隠そうリエラであった。

横に座るリエラに、「お口を開けてください」と促され、俺は果物を口にした。

(……ウルトス様)

その流れで、ひそひそと、リエラが耳打ちをしてくる。

(……なんだ)

(そろそろ、私の胸をお触りください)

「…………………」

気が進まないが、無言で胸を触る。あくまでも軽くタッチ。

すると、

「い。いけませんわ……!!　ウルトス様ぁ」とリエラが大げさな様子を見せた。

「おぉ……!!　流石《さすが》はウルトス様!!」

乱れる美人なメイドを見て、俄然上がる周囲。ひそひそと、さらにリエラが耳打ちをしてくる。

（ウルトス様。では次は、私の胸をさらに激しく――）

「ト、トイレに行ってくるッ！！！！！」

バアン!!　と音がした。俺が急いで扉を開け、リエラを連れて廊下に出た音である。

周りを見渡し、誰もいないことを確認する。

「……リエラさ」

「はい、なんでしょうか、ウルトス様」と首をかしげるメイド。

目の前のリエラは、不思議そうな顔をしている。

すごいなこのメイド、と俺は思わず感心しそうになった。

たしかに、俺は頼んだよ。頼んださ。

ここで遊ぶ貴族のバカ息子のふりをしなきゃいけないから、手伝ってくれ、と。

が、しかし、これはやりすぎである。なんで触られている側がノリノリなんだよ……。

「えっ、でも、だいたい評判のよくない貴族の遊びって、こういう感じかと思っていたんですけど……」

リエラが首をひねりながら答える。

「いや、あのね……」

俺だって男だ。女性の胸は嫌いじゃない。

が、だいたいこういうのは、セクハラをされる側の女の子は嫌がるものだ。

どこの世界に、「私の胸をお触りください」と密《ひそ》かに指図してくるメイドがいるのか。

俺は指示されるままに胸を触るロボットか何かか？

とりあえず、俺は懇切丁寧にリエラに説明することにした。

「……というわけで、なるべく胸は揉《も》まない方向でよろしく頼む。『あ～～ん』は好きなだけしていいから」

「なるほど、承知しました」

「よし。じゃあ、とりあえず部屋に戻ろうか」

「ウルトス様……」

真剣な目のリエラに呼び止められた。

「どうした？　何か気づいたのか？？？」

何かあったのか。俺は身体《からだ》を固くした。

「ウルトス様に触って頂いて――私……一生、身体《からだ》を洗わないかもしれません」

頼むから風呂には入ってくれよ、と思ってしまった俺は悪くないと思う。


そんな感じで、クズムーブを引き続き行う。

「平民はクズだ！」という話で盛り上がったり、「自分たちの家柄自慢」をしたり。

いや、最終的に、そのバカにしていた平民出身の主人公が、【空間】の域外魔法を発現させ、英雄になるんだから、世の中、わからない。

むしろ、主人公の取り巻きモブになりたい俺としては、今から主人公ジーク君の靴を舐《な》めろ、と言われたら躊躇《ちゅうちょ》なく舐めるだろう。

貴族としてのプライド⁉⁉　そんなもんはない。ないったらないのである。

そして、時たま、廊下に出るのも忘れない。見張りの男たちに不審がられるが、構わない。

来るはずだ、と俺は思っていた。

きっと来る。なぜなら、彼女は、これから来る彼女は、誰よりも正義感のある貴族だから。


――そうして、何時間かたったころ、入口の方から声がした。

同年代くらいの少女の声と、男の声。どちらかというと、少女の声の方が怒っている。

「やっと来たか」

俺はリエラに合図をして、ゆっくりと入口の方へと行った。

入口を守るごろつきっぽい男が「何をっ……‼」と言うが、俺はそれを手で制す。

「揉《も》め事だろう？　俺は、かのランドール公爵家の嫡男だ。俺が話を付けようじゃないか」

そう言って、外に出る。

外はもうすっかり暗くなっていた。

が、俺の目の前には、そんな暗闇の中でも、こちらをまっすぐ見据えてくる美少女がいた。

「ウルトス・ランドール……」

相手の方から声が漏れた。

「そういう貴様は⁉」

俺は白々しく聞き返した。名前など、聞かなくても知っていた。

「イーリス・ヴェーベルン。ヴェーベルン男爵家の娘よ。あのランドール公爵家の跡継ぎともあろう人が、一体、こんな場所で何をしているの⁉」

——その眼《め》は、思わずこちらが気圧《けお》されるほどの強さをまとっていた。

6章　みんな大好きメインヒロイン

こちらをまっすぐに見据える深紅の髪の美少女。

彼女こそは、イーリス・ヴェーベルン。

みんな大好きメインヒロインの1人で、セリフの通り、かなり貴族にしては正義感の強いタイプである。

まあ、その正義感のせいで、ヴェーベルン男爵家は若干、貴族の界隈《かいわい》では浮いている、といったところか。

――正直に言おう。

俺は作中のこのシーンが大好きだった。

プレイヤーたちの前に姿を現したイーリスは、明らかに自分よりも格上の貴族であるクズトスに、一歩も引かないのである。

まさしく高潔。

とはいえお堅いだけではなく、ちゃんと好感度を上げればデレてくれるので、イーリスはヒロインの中でも、めちゃくちゃ人気だった。

そして、だいたい『ラスアカ』の二次創作小説では、転生した主人公が幼少期のイーリスを救うのがお約束だった。

「…………クズトス???」

クズトス少年は、だいたいボコされることになるよ。言わせないでほしい。

「さあて、いったい何をしているんだろうなあ」

と、そんなおっかない美少女を目の前にして、俺は偉そうに答えた。作中のクズトスを思い出し、なるべくいやらしそうに笑う。

「クックック……」

「本当に、都の貴族というのは下衆《ゲス》ばかりね」

イーリスがその美貌を歪《ゆが》めた。

「魔物対策もまともに話し合わず、夜はパーティー三昧ってわけ⁉　しかも、その臭い――中では大層楽しそうなことをしていらっしゃるのね」

もちろん、皮肉を言われている。

辺境の地の貴族である彼女からしたら、こっちの貴族は危機感が欠けている、と見えるのかもしれない。

「…………ッ‼」

さらに、イーリスはリエラの服装の乱れに何か気が付いたらしい。

「後ろに控えているその子――」

口にするのも嫌だ、という表情でイーリスが言った。

「侍《はべ》らせたメイドを見ればわかるわ。見下げ果てたクズね。あなたが貴族じゃなかったら、今すぐ叩《たた》き切ってるところよ」

そう言いながら、イーリスが剣に手をかける。冗談ではない。イーリス・ヴェーベルンの剣技は半端じゃない。

現に、作中では、入学したばかりのジーク君では手も足も出なかったほどである。

「…………」

無言。辺りを静寂が包んだ。

そして、今のところ、2つばかり問題が発生していた。

まず、1つ目。なぜか知らないが、原作よりも俺は嫌われているような気がする。おそらくリエラの存在だろう。イーリスの強い視線は、なおも続く。

「あなたたち高位貴族は、どうやら他人のことを、自分の意のままに操れる人形か何かと勘違いしているみたいね」

「……え、いやまあ」

ご、誤解だ。

どちらかと言うと、指示通り胸を触らせられたのは俺の方で、意のままに操られた哀れな人形は、こっち側である。

そして、2つ目。後ろのリエラからめちゃくちゃ殺気を感じる。

「……なんなのあの娘……ウルトス様に対して……不敬……傲慢」

ぶつぶつと小声で不平が漏れているリエラ。おかしいな、と俺は思った。

前も後ろも、敵しかいないのか？？？

イーリスが俺の悪口を言うたびに、背筋が寒くなってくるんだが………。

結果。

「ま、まあアレだな!!」

事態がより悪化しつつあるのを感じた俺は、さくっとイーリスとの掛け合いを終わらせることにした。

「クックック……面白い。生意気な女だ、何なら俺の妾《めかけ》にしてやってもいいぞ」

と、いかにも原作同様、小物っぽいクズ発言をして、イーリスを嘗《な》め回すようにして見る。

同時に、俺はため息をつきたい気分だった。こんなことを、正義感の強いヒロインに言ったらどうなるだろうか？？？

いくら馬鹿でもわかる。

答えはもちろん――

「あ、貴方《あなた》ッ……!!!!」と、激昂《げきこう》するイーリス。

答えは簡単。ブチギレ確定である。

一瞬で、深紅の綺麗《きれい》な髪と同じくらい、イーリスの顔が真っ赤になった。

「……ッ!!」

我慢しきれなかったのだろう。イーリスが一歩踏み込み、手を伸ばしてくる。剣に頼らなかったのは、一応彼女も自制していたからだろう。

一応、元Fランク冒険者エンリケと修業した成果で、俺には彼女の動きがしっかりと把握できていた。

避《よ》けようと思えばいくらでも避けられる。

が、俺は避けることなく彼女のビンタを食らった。乾いた音が、辺りに響く。

――ここからが、腕の見せ所である。

「う、うわあああああぁぁぁぁ!!」

と、俺は流れるようにして地べたにダイブした。

そのまま、傍《そば》で聞くのも恥ずかしいほど、

「い、痛いぃぃぃぃぃぃぃぃぃぃ!!!!!」と大声を上げて転げまわった。

「ぼ、坊ちゃん、大丈夫ですか!?」

心配するリエラの声。それには答えず、俺は顔を押さえながら、しっかり指の隙間からイーリスを見ていた。

どうだい、このイキリクズムーブは??

散々煽《あお》っていたくせに、一発ぶたれた瞬間泣き始めるという美しいクズムーブ。

そして予想通り――

「惰弱、脆弱《ぜいじやく》……貴族としての矜持《きようじ》もなければ、強さもない。これが、都の高位貴族の姿なのね……」

ビンタした張本人のイーリスもあきれ果てていた。

はあ、とため息をつくイーリス。

「私はお祖父様《じいさま》から聞いていたわ。貴族はかつて、人々を守るために立ち上がった戦士だったって。でももう、理想の貴族はいなかった。だからもう、ここにいる必要も感じない」

そう言って、彼女は背を向け、立ち去ろうとする。

本来ならば、これで終わりだ。このまま、クズトスはクズのまま、イーリスに記憶されることになる。

が、このまま帰すわけにはいかなかった――すべては我がモブ人生のために。

「待てよ」

後ろを振り向く彼女に、俺は呼びかける。

「何かしら。あなたをビンタしたことだったら、追って沙汰は何でも受けるわ。今まで通り、権力を傘に好き勝手やれば？」

「いや、そうじゃない」

去ろうとするイーリスに向かって、俺は立ち上がった。

「コインは表と裏からできている――そうだろう？」

「はぁ？」

急に何の話を始めたのか、理解できないといった表情のイーリス。

だが、俺は構うことなく続ける。

「光があれば影もある。影があるからこそ光が輝く。つまり、すべての物事には裏と表がある」

「一体何を言いたいの……⁉」

一体何を言いたいの？　か。

その疑問はもっともだった。

が、俺もその疑問に答えられなかった。なぜなら……、なぜなら…………なぜなら俺の方も、何を言いたいのか、
い　ま　い　ち　わ　か　っ　て　い　な　か　っ　た　か　ら　で　あ　る。


——沈黙。

この場の誰もが、俺の不可解な言動に唖然《あぜん》としていた。

「『一体何が言いたいの……⁉』か。ヴェーベルン男爵家のご令嬢は、随分と面白いことを聞くんだな」

俺はイーリスちゃんに向かって、皮肉っぽい笑みを見せた。

いや、わかるよ。俺には彼女の気持ちが、痛いほどよくわかってしまった。

イーリスの出身地は、今まさに魔物の襲撃で頭を悩ませている場所だ。彼女の危機感は誰よりも強い。

だが、そうして陳情に来た彼女が目撃したのは、まったく機能していない貴族たち。

彼女が焦るのも無理はない。

本来の彼女であれば、多少は落ち着いて話せただろうが、今の彼女は冷静さを失っていた。

——が、ここで1つ困ったことがあった。

イベント通りに物事を進めるために、俺はどうしても彼女を煽る必要があった。

完全に切れる一秒前の彼女に、「妾にしてやろうか」と言わなくてはいけなかったのである。

ちなみに、これは後で明らかになることだが、イーリス・ヴェーベルンは、妾の子で立場が弱い。彼女のひたむきな努力で、何とか立場を保っているところだ。

なのに、わざわざ彼女は人々を守るため、リヨンへと来た。

……つまり、クズトスは、二重の意味でイーリスの地雷を的確に踏みぬいていたのだ。

さすがクズトス。初対面の相手の地雷の上で、タップダンスなんて中々できることじゃない。

ラスボスから直々に、「ウルトス……？　あぁ、あのクズか」と吐き捨てられた男は伊達《だて》じゃないのである。

ただ、このままいけばイーリスの俺に対するイメージは最悪になってしまう。

そして、この認識のまま、イーリスがすくすくと成長して、物語の舞台である学院に入学したらどうなってしまうか。

もちろん、イーリスからの印象は最悪なまま——学院で、その印象を挽回《ばんかい》できなければ、待つのは死。

入学してから頑張ればいいじゃん、と思う人もいるかもしれないが、俺は、なるべくなら今のうちから対策を打っておきたかった。

じゃあ、どうすれば、生き残れるのか？？？

だから俺は、こうすることにした。

「ヴェーベルンよ」

イーリスに向かって、バッと手を広げる。

「良くないものが動き出しつつある。備えるときだ。辺境の大地で育った美しき剣よ。敵と味方を違《たが》えるな」

そう――これこそが、俺のたどり着いた秘策。

めっちゃ意味深なことをとにかく言う。

もうこれしかない。

要するに、原作のこのイベントはもう避けて通れないのである。

イーリスには多少、中央の貴族に対する不信感を持ってもらわなきゃいけないし、もっと言うと、主人公のジーク君にも強くなるきっかけがなければならない。

なので、俺はクズに徹しなければならない。ただ、このままだと「昔会ったことがある、嫌みで偉そうな公爵家嫡男」という立ち位置である。

これはよくない。

なので、一発殴られるが、俺はそれと同時に意味深な言葉を連呼することにした。

こうやって、「嫌みで偉そうな公爵家嫡男」から脱却し、「たしかに嫌みなことを言っていたけど、何か意味深なことも言っていた不思議な公爵家嫡男」にイメージを変えようというわけである。

俺は思っていた。これは完璧じゃないか？　と。

こうすれば、後々、

「実は、あれはグレゴリオって市長に言われて仕方なく〜〜。僕は危なそうな建物にいたけど、実は水しか飲んでないよ!!!　ちなみに、メイドの件も誤解です!!」

と、イーリスに謝ることができるかもしれない。

うん。なんならグレゴリオの悪事ごとバラしたっていい。

俺は、この場にいる全員まとめて売る気満々だった。

そうして、この一件が終わったら、後は好きなだけ主人公ジーク君とイーリスに媚《こ》びて媚びて媚びまくればいい。

貴族の矜持??　貴族の義務?????

そんなモノでは、過酷なる18禁ゲーの世界を生き延びられないのだよ。

なので、俺に「何を言いたいの？」と聞かれても困る。

俺本人も何を言いたいか、いまいち理解していないからだ。

「影があるからこそ、光があり、光があるところには必ず影がある。そう、すべては必然。すべての物事はコインの表と裏にすぎない」

「ウ、ウルトス様……??」

後ろからも、リエラの困惑した声が聞こえてくるが無視。無視無視。

「目に見えるものだけが真実ではない。魔物もそうだ。１か所じゃなく、全体を見ろ。悪とは一見、見えないところにある」

「……!?　あ、あなた、何か知っているの⁇　もっと詳しく!!」

眼《め》を見開き、すがるようなイーリス。

が、

「さてな」

俺は質問には答えなかった。

「――真実には、自分の足でたどり着け。自分の手でつかみ取った真実にこそ、意味がある」

手をひらひらと振る。

とりあえずそれっぽいことを言い終えた俺は、元いた違法クラブに向かって歩き始めた。

「ど、どういうことなの……。一体、何が……」

と、困惑し切ったイーリスを、置きっぱなしにして。

ちなみに、俺が言いたかったことは、

『すべてのものには裏と表がある　＝　俺は一見クズっぽいけど、いいところもありますよ！悪いのは全部、一見印象が良さそうに見える、あのクズ市長です！』

というアピールである。

なんか意味深なことを言いまくったが、それ以上の意味は一切ない。

――やがて。

入口の方の騒がしさはすっかり収まったらしい。

市長お手製の、青少年に悪影響を与えたいとしか思えない違法クラブに戻った俺は、またまたソファーに座りながら、くつろいでいた。

横にはリエラが張り付いている。

「ヴェーベルン男爵家令嬢は、どうやらお帰りになったらしいですね」

「そうみたいだね」

これで頼りにしていたはずの貴族に愛想を尽かし、イーリスは今日の深夜、リヨンを出る。

――いよいよだな。

そして、ようやくこっちでも動きがあったようだ。

「あ、あれ……なんか急に眠くなってきましたね……」と、俺のすぐ横にいた貴族の子息が、あくびをする。

「お、俺も……」と、次々にその場にいた貴族の子息たちが眠気を訴え始めた。

椅子に座りながら、ぐったりと眠り始める遊び人たち。

「……始まったか」とつぶやく。

どうやらグレゴリオ市長は、やる気満々らしい。

――いよいよ、後半戦。

戦闘パートの開始である。

今後の流れを思い浮かべながら、俺も目を瞑《つぶ》ることにした。

7章　我が名は、ジェネシス

「ね、眠くなってきたな………」と、周りの皆さんが口々に言い出し、急に寝始めてから少したった。

「さて、と」

俺は眼を開けた。周囲は、先ほどの騒がしさが嘘《うそ》のように静まり返っている。

ソファーから立ち上がり、首をゆっくりと動かす。

辺りを見渡すと、見事に全員眠りこけていた。まさしく、貴族のバカ息子たちが遊び疲れた後、としか見えない。

「リエラ。起きてる？」

「はい」

俺の後を追うように、リエラも立ち上がった。

「これ、大丈夫なんでしょうか⁇」

「ああ。どうせ寝てるだけだから、安心していいよ」

「はぁ……しかし、よくわかりましたね。ウルトス様――これから薬が仕掛けられる、と予測し、眠ったふりをするとは」

「大したことじゃないよ。あと、夜会の方でも多分同じことが起こってる」

俺は目の前の眠りこけている人々を避け、扉の方へと向かった。

本当に大したことではない。なにせ原作知識だからな。

リエラと共に扉を抜け、廊下へと出た。

「おう、坊ちゃん」

その瞬間、暗闇から声をかけられた。

あぁ、この緊張感のない声は――

「なんだエンリケか。あれ、見張りの人は？」

「あぁ、ここの施設の人間か。ほとんど外に出ちまったなあ。残りのやつらは片づけておいたぜ」

暗闇からぬっと出てきたのは、元Fランク冒険者にして、天才的演技力の持ち主――エンリケだった。

さすがはFランクとはいえ、元冒険者。

ここの施設の見張りを排除してくれていたらしい。施設の場所を探すように前々から指示していたのは俺だが、ありがたいものだ。

「しっかし、すげえよなあ」とエンリケが感心したような声を上げた。

「このリヨンで、これから盗賊騒ぎが発生するとはねえ」

「まあね」

それを読んだ坊ちゃんもすげえなあ！　とはしゃぐエンリケを見ながら、俺は今後のイベントの展開を思い浮かべていた。

——リヨンのイベント。

主人公とメインヒロインのイーリス、そしてかませ悪役（俺）の運命が大都市で交差する、という重要なイベントだ。

まず、主人公ジーク君とイーリスが出会うが、イーリスはリヨンで出会った貴族のクズっぷりに絶望。さっさと帰ろうとする。

ここまでが戦闘パートの前座で、これはクリア済み。

——が、しかし。ここから事態が急変する。

帰ろうとするイーリスが、村を通った際、なんと盗賊の一団に襲われてしまうのである。

本来、リヨンほどの大都市の付近は、きちっと防衛がされており、盗賊に急襲されることなんてありえない。

だが、そんな『まさか』が起こってしまう。そのまま、盗賊にさらわれてしまうイーリス。

隣村の異変に気が付いた主人公ジーク君も盗賊に立ち向かうが、所詮は村の少年。盗賊相手にボコボコにされてしまう。

——絶望しながら意識を失う少年。

しかも、タイミングも悪かった。

なぜなら、リヨンの街で盗賊対応の指揮を執るべき貴族たちは、みな夜会で酔いつぶれて寝ていたからである。

そんな中、危機一髪でジークを助けたのは、滅多《めった》に会わない父親のレインだった。

街の騎士団長だった彼は、リヨンの市長グレゴリオの協力を取り付け、イーリス奪還に向けて動き出すのだった。

そんな彼は基本的に超が付くほどの高スペックなので、獅子奮迅《ししふんじん》の立ち回りで盗賊を撃退。見事、イーリスの安全を確保して、生還を果たす。

というわけで、この事件がきっかけとなり、主人公ジーク君は父のような強さに憧れ、イーリスは自分を助けてくれた英雄レインに憧れることになる。

2人の運命は、やがて学院で交わる――

……だが、嬉《うれ》しくないことに、俺たち高位貴族はめちゃくちゃ叩かれることになる。

当たり前だ。

夜会で薬を盛られたとはいえ、贅沢《ぜいたく》な遊びをしまくって肝心なところで役に立たない貴族なんて嫌われる要素しかないだろう。

ちなみに、ここでクズトスや他のバカ息子たちの秘密のお遊びも、なぜかばれてしまう。

こうして、始まりの街リヨンでの出来事は、貴族への不信感と市長への期待感につながるのであった。

と、ここまでがリヨンのイベントになるのだが……。

では質問、このイベントで名を上げたのは誰でしょう？？？

一見、この事件で名を上げたのは、自らのクビ覚悟で立ち上がった英雄レインのように思えるが、レインは全く権力に興味はない。

そう。この事件で称賛を一手に浴びたのは、他の誰でもないグ、レ、ゴ、リ、オだ。

つまり、全部あの市長が裏から手を回していたのである。いやあ、何度見ても素晴らしいマッチポンプ、自作自演だ。

そりゃ市長が裏から手を回してたら、盗賊を引き込めるだろう。

さらに、グレゴリオは普段から贅沢もせず、遊びもしない爽やかなイケメンで通っている。

そして何なら、貴族の夜会で薬を仕掛け、その堕落っぷりを密《ひそ》かに噂《うわさ》として流していたのも、この市長である。

こうして、自身の基盤を確保したグレゴリオは、着実に力を溜《た》め続け——

貴族をも凌駕《りょうが》するリヨンの支配者として、原作の後半で主人公勢とぶつかることになる。


「……って、やっぱりよくないな」

と、ここまで原作を思い返していた俺は、そうつぶやいた。

うん、どう考えても良くない。

どうしてこんな危険なキャラと序盤からかち合わなきゃいけないのか、これがわからない。

リヨン以外でやってほしい。さらに、俺が前に両親について心配していたのも、これである。

不覚とはいえ、ランドール公爵は緊急時に役に立たなかった。

いくらこれまで頑張っていた領主とはいえ、こんなことがあれば評判が落ちるのは早い。

そうして激務が祟《たた》り、両親は命を落としてしまう……申し訳ないが、それは許せない。両親はいい人だし、何より俺の人生の目的はモブである。

――モブには、悲しい過去なんて必要ないのだ。

モブの両親は普通に生きているべきだ。

悲しい過去を背負うのは、主人公勢だけでいい。

俺の両親には、あと50年くらいは領主をやってもらいたいし、何ならもっと領主向きな妹、弟を産んで、せいぜい幸せな老後を過ごしてほしい。

ふぅ、とため息をつく。すべては我がモブ人生のため。

グレゴリオには悪いが、

「――あまり、俺のモブをなめるなよ」

そして。よし、じゃあ行こうか、と2人に声をかけようとして後ろを振り向くと、なぜかエンリケは気圧《けお》されたような顔をしていた。

「どうかしたのか？」

「い、いや、一瞬急激に魔力が高まったからな」

ちょっとモブに懸ける思いが強すぎて、魔力が漏れ出てしまったらしい。

「まあ、ちょっと頑張ろうかなと思ってね」

「そ、そうか。まあ坊ちゃんアンタなら大丈夫だ。剣術に限って言えば、俺の領域へと近づき始めている。そしてその魔力…………とんでもないことになるぜ」

と、なぜか笑うエンリケ。

どうやらエンリケは、俺を励ましてくれているらしい。

まあ、たしかに剣術の修業では、エンリケに近づき始めている、という予感はしていた。

が、しかし。元Fランクに言われてもなあ、という感じがする。

「あ〜〜、うん、ありがとうなエンリケ」

……これで、もうちょっと強ければなあ。せめて、Dランクぐらいはあってほしかった。

「ま、まあ気を取り直して……」

パン、と手を叩く。

「じゃあ、リエラ。さっきの会場の方に行ったら、一緒にお父様とお母様を屋敷まで連れ帰ろうか。力仕事ならエンリケもいるし、何か咎《とが》められたら全部僕の責任にしていいから。あと、これからに向けて、ちょっとしたい準備があるしね」

そう。

秘策第1弾『とりあえず意味深なことを言いまくる』だけでは、もちろん俺は満足していなかった。

——次なる秘策も、当然準備済みである。

◇

「……本当に楽な仕事だな」

思わず笑みが漏れる。

冒険者のギースは、ある施設の入口の前にたたずんでいた。

――『冒険者』。それは、冒険者ギルドからの依頼を受け、仕事をする者の総称である。

そんな冒険者の生業は多岐にわたる。魔物を討伐したり、要人の警護をしたり。

そして冒険者になるには、身分は関係ない。村人でも犯罪者でも貴族でも、誰もが冒険者になることができる。

ただ、冒険者になるのは簡単だが、誰もが冒険者として生きていけるわけではなかった。

冒険者に要求されるのはシンプルである。

たった1つ――純然たる『力』のみ。

いかに高貴な身分であろうが、いかに人々から敬愛されようが、『力』がない者は冒険者として生きていくことはできない。

逆にその力さえあれば、その門戸は誰にでも開かれている。では、そんな冒険者がなぜこんな場所にいるのか。

ギースは薄く笑った。

(しっかし、こんな楽な仕事はねえな。正規の依頼じゃねぇが)

冒険者としてのランクはシンプルだ。

初心者の登竜門と言われるFランクから、実力たしかなCランク、どこの国に行っても通じると言われるBランク。

そして、完全に国中に名が知られるAランク。

ギースのランクはC級。おそらく、実力としてはCランクの下位くらいだろう、と推測していた。

まあ年齢を考えれば、悪くはないが良くもない、と言ったところだろう。

もちろん、一般人と比べれば自分ははるかに強い。

いい暮らしを望んでまじめに依頼を受けたり、ギルドで後進のための訓練をしたりしていたら、余裕をもって生きていけるだろう。

だが、ギースはそれで満足しなかった。もっといい暮らしをしたい。

かといって、これから健気《けなげ》にランクを上げようとしても無駄だろう。ギースも必死に努力を積み重ね、Cランクまで到達した。

が、冒険者のランクは絶対。一個上のランクとの間には絶対的な差が存在する。

分厚く、大きく、強大な壁が。

そうしてまじめにランクを上げることを諦めたギースが行きついた先は、より実入りのいい依頼を受けることだった。

つまり、闇ギルドから斡旋《あっせん》される、後ろ暗い仕事を求めるようになったのだ。

裏の仕事。

明らかに魔物を討伐したりするよりは楽で、何よりも自分の強さ、『力』を誇示できる。

「クックック……」

今夜の仕事もそうだった。

リヨンで会議が開かれ、街には多数の貴族が集まっていた。そして、ギースにあてがわれたのは、いわゆる高位貴族の息子たちの遊び場の見張りだった。

本当にそこはひどいものだった。

あるガキは、高級な酒を「安酒」と言い張り、水を要求する。

しかもそれだけでは飽き足らず、隣に侍《はべ》らせた美人なメイドに「あ〜ん」と恥ずかしげもなく、食事を運ばせている始末。

(本当に、バカなガキどもだ)

ギースは、自分たちを特別だと思い込んでいる哀れなガキどもをあざ笑っていた。

酔った貴族のバカ息子どもが「俺たちは偉いんだ!」とほざいていると、本当に世間を知らないのだな、と思うしかない。

(残念だが、お前らは嵌《は》められているんだよ。ここは俺たちの領域だ……!!)

ギースは笑いをこらえるのに必死だった。

この哀れな獲物たちを。狩人《かりゅうど》に囲まれているとは知らないガキどもを。

「…………ん?」

そこまで考えていたギースは、廊下の先を見つめた。

誰かが近づいてくる。

眼《め》を凝らした先にいたのは、ガキと後ろに付き添うメイドだった。

たしか――

（あれは、ランドール公爵家のガキだっけな）

目の前に現れたのは、ランドール公爵家という、ここら一帯を治める領主の息子だった。

親は貴族にしてはまじめだ、という噂を聞いたことはあるが、その息子は本当にどうしようもなかった。

メイドを侍らせたり、貴重な酒を安酒、と言っていたのもこのガキだ。

数いる調子に乗ったバカ息子の中でも、一段と馬鹿そうな貴族のドラ息子。

が、またかよ、とギースは思ってしまった。

このガキはなんでか知らんが、時たま廊下に出てはそのたびに、ギースたちに注意をされていた。

ギースたち見張り組は、このランドール公爵家のガキを、「トイレにも1人で行けないガキ」と裏であざ笑っていた。

――しかし、

（面倒くせえな。睡眠薬が効かなかったのか？）

そう。ギースたちは依頼人の命令で、すでに動き出している。

どうやら、ギースの雇い主は、相当緻密な計画を練り込んでいたらしい。

ここで騒ぐ馬鹿どもに睡眠剤を盛り、次の計画へ。次はリヨンの郊外で一発事を起こすつもりらしい。

おそらく、本館の貴族の夜会も同じような状況なのだろう。

しかも、雇い主は、これからこのガキどもの所業を世間にばらすつもりらしい。

たしかに、何か事件が起こった時に率先して動くべき貴族の息子が遊び惚《ほう》けている、というのは世間から怒りを買うには、十分だろう。

笑うしかない。

この依頼の成功次第で、自分にはありえない額が手に入る。

そして。こんな絶好の好機を、このガキごときに邪魔させるわけにはいかない。

「クックック……お坊ちゃん。こんな夜分遅くに、どうしたんですかぁ？？？」

パキパキと拳を鳴らす。たしかに、貴族と冒険者だったら、貴族の立場が強いだろう。

が、しかし、あくまでもそれは、平常時の話。

今のようになれば、結局は強い奴《やつ》が勝つ。

そうだ、もはや計画の成就は近い……!!

「それを――」

だからこそ、ギースはニヤニヤと笑って、己の力を見せつけるように、子供に飛びかかった。

「それを、こんなつまらん普通のガキに邪魔されてたまるかよッ！！！！！」

まさしく、必殺。

油断していたわけでもない。ギースの拳は馬鹿なドラ息子に突き刺さり、自分を特別だと勘違いした、馬鹿な獲物は恐怖に顔を歪《ゆが》めるはずだった。

——が、ギースは気がつくべきだった。

少年の眼に、一切の怯えがなかったことに。

周りが眠りこけているという異常事態なのに、少年の落ち着きっぷりが先ほどと全く変わっていなかった、ということに。

「なんだ」

少年が呆《あき》れたようにつぶやいた。

「——エンリケ。全然、片付けが終わっていないじゃないか」

そして、ギースが、「はぁ……!?」と言い終わる間もなく、
少年の左側、薄暗い方から手がぬっと伸びてきた。

そのままその手は、ギースの顔をつかむ。

気が付けば、ギースの身体《からだ》は完全に宙に浮いていた。

「……んなッ!!!」

必死にもがくが、手が離れない。男の手は鉄か何かのようだった。

全く動けない。

手越しに伝わるのは、圧倒的な膂力《りょりょく》。絶望的な戦力差。

信じられなかった。この自分が。自慢じゃないが、それなりに裏世界ではやってきたのだ。

冒険者としてだって、Cランクはある。どんな相手であろうと、自分がこんなやすやすと一

方的に持ち上げられるなんてことは——

待てよ。

ギースの脳裏に閃光《せんこう》が走った。自分は一体、何を相手にしているのか。

今、何て言った???

気だるそうな少年の口から漏れた、今の言葉——

（エ、エ、エンリケ、だと……?）

それは、絶対に関わってはいけない男の名前だった。

心臓がバクバクと鳴る。

——エンリケ。

冒険者ギルドにおいて、その名を知らぬ者はいないだろう。

冒険者ギルドの門を叩いて、たった数年で、Sランクにまで到達したという真の化け物。

怪物。

「ヒッ……!!」

ギースは目の前の男の圧力に、呼吸ができなかった。

文字通り、自分とはランクが違う。

Sランク——それは人外の領域。

一般的な冒険者が目指すのは、Aランクまでだ、と言われている。なぜなら、S以上は、人間を逸脱した者の集まりだから。

そう。Ｓランクは目指すものではない。そもそも、なろうとしてなれるものではないから。

Ｓランクは狂っている。それは、冒険者の共通認識だった。

しかも、

（あの、エンリケ、だと⁉⁉）

ギースは震えが止まらなかった。

エンリケ。

狂っている人間が多い、と言われるＳランクの中でも、エンリケほど狂っている人間はいない、と聞いたことがある。

噂《うわさ》では、依頼人の貴族の態度が悪いかったからという理由で対立し、その貴族の私兵を根こそぎ倒して帰ってきたらしい。

メンツを潰された冒険者ギルドは、もちろん激怒。

追放を決定したギルドは、ＳランクやＡランクの強者を追手に差し向けるが、それでもエンリケを捕まえることはかなわなかった、と聞く。

Ｓランクという強さがありながら、ギルドを追放された。

すなわち、それは、あの怪物どもを束ねるギルドですら持て余したという事実。

ギースが何度手合わせをしても、一太刀《ひとたち》も入れられなかった元Ｓランク冒険者のリヨンのギルド支部長でさえ、「エンリケ」という名前を出すと、苦々しくつぶやいた。

――あれは人じゃない、と。

興味を惹《ひ》かれたギースは、支部長に尋ねてみたことがある。

何がそんなに強いのか、と。特別な武器でも持っているのか、と。

「いいや」と支部長は首を振った。

なにか、特別な魔法を使えるのか？　それか、剣術に秀でている、とか？

「いいや」とまたしても、支部長は首を振った。

では、なにがすごいんだ⁇

アンタみたいに頭がいいとかか？

「シンプルなんだ」と支部長――かつて、【軍神】として名を馳《は》せた支部長は語った。

「シンプル？」

「そう、単純。別に剣が上手《うま》いわけでも、特殊な魔法が使えるとか、そういうわけじゃない。使えるのは、魔力による身体強化のみ。それだって、そう難易度は高くないし――私みたいに戦略が好きというわけでもないだろう」

「聞くだけだと、とても強いとは思えないんだがな」

「やっていることが極めて単純なのさ。自身の膂力、桁外れの力ですべてをなぎ倒す。技巧もへったくれもない、純然たる暴力の嵐。それが【鬼人】エンリケの強さの秘密」

本当にそんなやつがいるのか？　と怪訝《けげん》な顔をしたギースに、支部長は困ったように笑った。

――会ったらわかる。あの化け物じみた強さを見れば、ね。

ふと、ギースはそんな会話を思い出していた。

今だからこそ、わかる。対峙《たいじ》してみてやっとわかる。

目の前にいる男から、立ち昇ってくる理不尽なほどの、強さの臭い。

が、しかし一方で、ギースは混乱していた。

（どういうことだ⁇⁇　なぜこの男が⁇⁇　こんなドラ息子と一緒に⁇⁇）

そう。一方で、ギースはこうも聞いていた。

エンリケは、極めて傲慢。どこまでも不遜。特に筋金入りの貴族嫌い。

決して他人に従うような男ではない、と。

だが、そんなギースの目の前では、理解不能な光景が展開されていた。

「おいおい、エンリケ。全然ダメじゃないか。普通に見張りの人がいるし」

「いやあ、坊ちゃん。本当、それは面目ねえ。てっきり俺は全部やったかと……」

「あのねえ。強そうなことを言うなら、ちゃんとやってから言ってくれよ」

「わ、悪かったって、坊ちゃん……許してくれって！　な⁇」

あのエンリケが、誰にも従わないはずの狂人が、慌てて言い訳している。

もちろん、この間も、ギースだって必死にもがいている。だが、エンリケの左手はびくともしない。

それなのに、まるで2人はこれから散歩にでも行くかのような気軽さで話をしている。

「というか、坊ちゃん、なんでそんな嬉《うれ》しそうなんですか？」

「いや、嬉しいだろ。俺のことを『何の変哲もないガキ』って誉《ほ》めてくれたんだぞ。最大級の賛辞だろ」

「……それ褒められてないって思うんだがな」

やっぱ坊ちゃんの感性はよくわからん、とため息をつくエンリケ。

そのうち、後ろにいた美人なメイドも会話に入り、

「いやいや！　ウルトス様のそういう謙虚なところも素敵ですよ！」などと言い始める始末。

「ありがとうねリエラ。でも、『あ〜ん』のポーズをするのやめてくれないかな。あの、今結構急いでるから」

目の前で繰り広げられる、信じられないほど、ほのぼのとした会話。

敵の陣地のど真ん中でする会話がこれか⁉︎⁉︎

（く、狂ってやがる……）

「で、どうします？　こいつ」

思い出したかのように、エンリケが口に出した。

「もういいんじゃない。せっかく褒めてくれたんだし、ゆっくり寝てもらおうよ。ほら、こっちも時間ないし」

目の前の平凡な少年に、了解です、とうなずくエンリケ。

あのエンリケが、まるで借りてきた猫のように言うことを聞いている。

「……あぁ……‼」

ここに来て、やっとギースは理解した。

――あぁ、逆だったんだ、と。

そう。すべては逆だった。本当に注意すべきは、この少年だったのだ。

だいたい、そもそも自分はいつから自分が強者側だ、と錯覚していたのか。

本当は、逆だったのでは⁇⁇

自分たちが狩人《かりゅうど》、強者側にいると思い込んでいただけで、自分たちは、ここにもっと強大な狩人を呼び寄せてしまったのではないか。

思えば、そうだ。おかしな点はいくらでもあった。

なぜこの少年は、頻繁に廊下に出てきた⁇　トイレに1人でいけないから？？？

違う――それは、この建物の構造を調べるためでは？

なぜこの少年は、メイドに『あ～～ん』をさせていた？　女遊びをするバカ息子だから⁇

違う――こっちの食べ物に最初から、不信感を抱いていたのでは？？？

なぜこの少年は、この場で酒を飲まなかった？　高級な酒の価値もわからないから？？？

違う――最初から、こうやって動く気だったのでは⁇⁇

「…………ッ!!!」

吊《つ》り上げられたギースは、改めて少年を見た。

多少顔は整っているが、それ以外は何の変哲もない貴族の子息。

先ほどまでは完全に侮っていた。バカな貴族の放蕩《ほうとう》息子だと。

だが、今は、それが。その平凡な様子が、何よりも恐ろしい。

その穏やかな、普通の態度が、わかりやすい強さをまとうエンリケよりも、はるかに狂っているように感じる。

「ま。ってことで、坊ちゃんの命令だ。お勤めご苦労さん」

エンリケがそう言った瞬間、ギースの巨体が、一気に吹き飛ばされた。

「グハッ!!!」

そのまま壁に叩《たた》きつけられた。肺の中の空気が吐き出される。

「さあて、お祭りと行きますか、坊ちゃん」

「……こいつ、また病を発症してるな……」

と、微妙な表情で、床に伏したギースの前を通っていく少年。

そして、薄れゆく意識の中、ギースは衝撃的な一言を聞いてしまった。

ギースの横を通った少年が、

「……おいおい。エンリケ程度にこれって……この時期のグレゴリオ陣営って、こんな人材不足だったのかな」と、困ったようにこぼしたのだ。

おいおい、はこっちのセリフだ。いかれてやがる。

(あのエンリケを、その扱いかよ……)

とりあえず、ギースは思ってしまった。

もう変なことはやめよう、と。まじめに働こう、と。

そもそも、違法な闇の世界に踏み入れてしまったのが自分の間違いなのだ。

勘違いしていた。自分は思い違いをしていた。もう、こんな強者がうごめく世界はまっぴらごめんだ。

（そうだな……久しぶりに村に戻るか……実家の農家でも継いで……今度はまじめに……）

そう考えながら、ギースは眼《め》を閉じた。

こんなやつらにもう関わらなくて済む、という安堵《あんど》と共に。


――こうして。実家に帰ることにした元Cランク冒険者ギースが、冒険者時代に培った筋力を使って、農作業にクソまじめに取り組んだ結果、王国でも屈指の農家になり、「人間の領域を超えたSランク農家」と称賛されるのは、そう遠くない未来である。

◇

筋骨隆々の強面《こわもて》のおっさんに、「この普通のガキがぁ！！！！」とお褒めの言葉を頂いてから、少したった。

すごい、本当にすごい。俺は感動していた。

あのおっさんは俺の真の姿、つまり、モブらしさを認めてくれたのである。

半端ではない観察眼。俺の師匠と言っても過言ではないかもしれない。

そのくらいのナイスガイであった。

最後らへんは「……ヒッ!!」とか言って完全におびえた眼をしてこちらを見てきたが、きっとエンリケの強者ムーブに恐怖を感じてしまったのだろう。

その気持ち、わかるよ。まあまあ付き合いの長くなっている俺でも、時たま、ぞくっとさせられる瞬間があるのだ。

初対面の人間には、きっと刺激が強すぎたのだろう。

そんなこんなで、強面のおっさんから勇気をもらった俺は、薄暗いクラブを出て、本館の方へと移動していた。

そして、本館に入った俺を待ち構えていたのは――

「うぅ……ウルトス……これからもランドール家を頼むぞぉ……!!!」

「ハイハイ、父上。続きは屋敷で聞きますよ」

「う、ウルちゃん……久しく見ない間に、こんなに立派になってぇ……」

「母上も、べろべろじゃないですか。そもそもお酒が強くないんですから、ご自重ください」

ハイ。父上、母上は完全に出来上がっていた。

これだけべろべろになっても、暴言を吐いたりしないのは、さすが父上と母上と言ったところか。

本当に品はいい。人柄はめちゃくちゃいい。

これで脇の甘ささえなかったら、原作でも大活躍できたのに……。

「しかし、すげえ規模だなこれは」と父上を担ぎ上げたエンリケが言う。

「まあね。世間が予想する、貴族のどんちゃん騒ぎ、ここに極まれりって感じだしね」

周りを見渡すと、眠りこけている貴族が多数いた。

そもそも、まともな貴族は会議後、すぐに領地へ戻ったり夜会を早々に切り上げていたらしい。

父上と母上は、人がよすぎるあまり残ってしまった、ということだろう。

「よし。これで、父上と母上は確保だな」

「で、坊ちゃん。続きはどうするんで？」

「そうだね。いったん、屋敷に戻ろうか」

それから、俺は本館の出口を目指した。もちろん、こうしている間にも、グレゴリオの手先らしき連中が、ちょいちょい、

「き、貴様ら……！　勝手な真似《まね》を！」とか言って絡んできたのだが、父上をおぶって身動きが取りづらくなっているはずのエンリケに一蹴されていた。

あまりにも、あっけなく散っていく男たち。

「んん～～おかしいな」

……どういうことだ？

俺は薄々勘づき始めていた。

弱い。グレゴリオ陣営があまりにも弱すぎるのである。

だが――

「ありがたい」

歩きながら、思わず笑みがこぼれる。

そう。これは、かなりついている。

正直、このリヨンで様々な工作をするにあたって、一番懸念していたのが敵対組織、つまり、グレゴリオ陣営の強さだった。

原作では、主人公のジーク君は、後半にグレゴリオとぶつかる。

市長としての表の顔と、裏ではリヨン随一の闇ギルドを掌握するという強大な敵役のグレゴリオに、主人公は苦しめられることになるのだ。

——が、ここで1つの疑問が出てくる。

そう。原作後半のグレゴリオ陣営の実力は実際プレイしてみて、それなりに推測できるのだが、そもそも、それは今から何年も後の話である。

つまり俺は、このリヨンの時点でのグレゴリオ陣営の実力が全くわからない。

原作のリヨンのイベントでも、主人公は盗賊相手にボコボコにされるだけだし、別にプレイヤーが直接、この時点でのグレゴリオ陣営と対決できるわけでもないから、相手の実力が全くと言っていいほど読めないのである。

俺にわかっているのは、この時点では、ジーク君の父親、騎士団長のレインが一番強いということくらいだろう。

それ以外はなんにもわからない。

しかも困ったことに、この世界にはレベルというものが存在しない。エンリケに聞いてみて確認済みである。レベルがあれば一発でみんなの実力がわかったのだが……。

だから、ざっくりとしか相手の強さを判断できないのである。

たとえば、俺とエンリケの戦闘力は同程度で、そのエンリケとグレゴリオ陣営のチンピラ共だったら、エンリケの方が強い。

……と、まあこういう風に、なんとなくでしか強さを把握できないのだ。

が、ここで嬉しい誤算が生じていた。

俺は、目の前を見た。

「く、クッソ……！　なぜこれほどの男が紛れ込んでいるッ!!」

とか威勢のいいことを言いつつ、エンリケとかいう元Fランクになすすべもなくやられていくグレゴリオ陣営のみなさん。

そういえば、先ほどのおっさんもあり得ないほど、あっさりエンリケにやられていた。

きっと、あれは本当に弱いのだろうな、と俺は思っていた。

多分、あの弱さだと冒険者とかではなく、本当にただ顔が怖くて、ごつい感じのチンピラとか、売れない劇団員とかを適当にスカウトしてきたんだろう。

そう、つまり――

原作のグレゴリオの組織は結構強かったのだが、この時点だと割と人材不足なのだ。だからこそ、こんな弱いやつらが大挙しているのである。

まあたしかにな、という感じがする。

むしろグレゴリオは、このリヨンの事件を機に、一気に勢力を拡大したいところだったのだろう。

となれば、だ。

こちらの秘策が上手《うま》くハマる可能性も、十分にある。

ニヤリ、と笑みが漏れた。いける。

――そうだ、すべての破滅フラグを破壊しつくし、今こそ、モブへと回帰する時。

俺は速度を速めて、屋敷へと戻っていた。


屋敷へと戻った俺は、リエラに両親の世話を頼んでいた。リヨンの屋敷にはちゃんと使用人もいるし、問題はない。

今まさにグレゴリオは、盗賊の手引きをしたり、それを自分の手柄にしたり、といった仕事に忙しいので、こちらに来ることはないだろう。

そもそも、ランドール家は公爵家である。いかに、グレゴリオとはいえ、直接敵《かな》う相手ではない。だからこそ、数年間かけてこれほどの策略を編んできたのだ。

そして。俺は、屋敷の自分の部屋へと足を踏み入れた。

そこに鎮座するのは、俺がわざわざ領地の屋敷から持ってきた荷物である。

なぜ、これが必要だったのか。これこそが俺の作戦、第2弾。

俺は荷物の中身を手に取った――


準備を終えた俺は、エンリケが待つ屋敷の一階へと戻った。

しんと静まった一階には、エンリケのほかに誰もいない。

「よぉ、待っていたぜ坊ちゃん、ここまでの流れは聞いていたが、こっからは未知の世界。ちゃんと聞かせてもらうから――」

その瞬間、俺の方を振り向いたエンリケが、「はぁ!?!?」と眼を見開いた。

信じられないといった表情のエンリケ。

「待たせたな」

「そ、その格好……坊ちゃんだよな???　い、一体何を」

エンリケの反応はもっともだった。

なぜなら俺は、黒ずくめの装束に灰色の仮面、といういかにも奇妙なコスプレをしていたからである。

ちなみにこの衣装は、ランドール公爵家の屋敷に保管されていたお古の衣装である。

ちょっとゴシックな装束だが使ってなさそうなので拝借してきた。

そして、仮面は同じく屋敷の倉庫に眠っていたフルフェイスの仮面を俺が救出して、上から灰色に塗ってある、という心のこもった一品である。

そして、これらを組み合わせた結果、いかにも怪しげな人物が登場していた。

顔は全く見えない。

俺はぱっと見、黒ずくめの貴族みたいでカッコいいと密《ひそ》かに思っているが、ハッキリ言って傍《はた》から見たら異常だろう。

が、しかし、俺は一切動じることなく、まるでそれが当たり前かのように、エンリケに応えた。

「エンリケ――俺は坊ちゃんではない」

「はぁぁぁ!?!?」

こっちが気持ちよくなるほどにいいリアクションをしてくれるエンリケ。

なんでもいいけど、こいつやっぱ芸人とかもいけそうだな。

「そう。我が名は――」

そんな無駄なことを考えつつ、俺は口をあんぐりと開けるエンリケに向かって手を広げた。

「ジェネシスだ」


計画名【ジェネシス】。

――これこそが、俺の第2の秘策にして、最大の計画だった。

いや、まあ名前としては、【ジェネシス】だろうが、【ゼロ】だろうが、なんでもよかった。

とにかく名前はカッコよければ何でもいいのである。

そもそも、俺は第1の秘策『意味深なことを言いまくる』だけで、このイベントを乗り切り、あとは静かにフェードアウトする予定だった。

だがしかし、である。

冷静に考えると、この第1の秘策はあまりにも不安定すぎた。

イーリスに意味深なことを言うだけで、果たして本当に、将来の死を避けることができるのか。リスキーすぎやしないか、と。

主人公のジーク君にしたって、そうだ。たしかに、作中のジーク君は盗賊に襲われても奇跡的に助かったが、なんかの間違いで死ぬ可能性だってある。

メインヒロインのイーリスだってそう。

盗賊に誘拐された彼女が、死なない保証なんてない。

正直言って、『ラスアカ』の世界は狂っている。

18禁ゲーというだけあって、後半は鬼畜な難易度だし、強ければ強いほどみんな頭がおかしい。

たとえば、市長のグレゴリオは、こんな序盤から恩人のランドール公爵家の実権を奪う気満々だし、ラスボスは無尽蔵の魔力に特別な空間魔法を完全に扱いこなす化け物だし、なんなら主人公のジーク君もだいぶおかしい。

彼は、読んで字のごとく一日も休むことなく、クソまじめに基礎的な鍛錬を続ける、というメンタルの怪物である。

しかもボコボコにされればされるほど強くなるので、ネット掲示板では「可愛《かわい》い顔をした〇イヤ人」だのなんだのと言われていた。

そんな彼だからこそ、最終的にラスボスをボコボコにできたのだろう。

そう。ここまでの情報を踏まえて、俺は思う。

……これ、主人公たちがいないと無理では⁇　と。

もし仮に俺が生き残ったとしても、主人公やらメインヒロインが死んだ時点で、ラスボスやら敵に勝てる気がしない。

もっと言えば、今のジークやイーリスは初期状態。彼らの実力は、今の俺より下だろう。

つまり、俺だけ助かってモブとして生きていこうとしても、主人公勢が1人でも欠けた瞬間、俺の輝かしきモブ人生はお先真っ暗になってしまう可能性がある。

世界の破滅を救えるのは、主人公たちしかいないのである。

「ジェネシス……だと⁇」

「あぁ」と俺はエンリケに応じた。

だからこその、この計画だった。

正体不明の人物【ジェネシス】を名乗り、とりあえずジーク君やイーリスを助け、良い感じに場を引っ掻《か》き回すしかない。

……ただし、この計画には1つだけ穴があった。

それが、敵の強さである。今のところ、俺の強さはどう高く見積もっても、エンリケと同程度。

いかに俺がコスプレをして、イーリスやジークを助けようと思っても、敵が強かったらお話にならない。

一蹴されて終わりだろう。

が、しかし。神は俺を見離していなかった。

――そう。

先ほどのエンリケとの戦闘を見る限り、グレゴリオの組織はまだ完成していない。全員、明らかにレベルが低いのである。

あれは今のところ、完全にチンピラの集まりだ。将来的にはリヨン一帯を支配する強大な闇ギルドになるとはいえ、今の段階では遊びにすぎない。

いける、と俺は確信していた。

この謎の変人【ジェネシス】に事件を引っ掻き回してもらい、すべてをこの謎の人物のせいにするのである。

これしかない。後はのこのこ、すべてが終わった後で、

「えぇ～～～、ジェネシスなんて男がいたんだ～～。ボクちん何もわからなかったな～～～。こんな無能は領地に引っ込んでるべきだな～～」

などと白々しいことを言って、何も関わらなきゃいい。

ジェネシスの名は、リヨンのイベントと共に消え去るのである。

と、こんな感じで、俺は自分の計画をエンリケに話した。

するとなぜか神妙な顔でエンリケが尋ねてきた。

「なるほどな、つまり坊ちゃん……アンタ、それだけ苦労して、それだけ己の身を犠牲にしても、表には決して出ないってことか？」

「そうだ」

「本当にいいのか？　市長の陰謀を阻止し、盗賊の襲撃から人々を守る。それをやったのが、かのランドール公爵家の嫡男だって知ったら、誰もがこぞって坊ちゃんのことを褒《ほ》め称《たた》えるぜ。将来だって、安泰だ」

俺は首を振った。エンリケ、違うんだよ。

「名声なぞ、必要ない」

「じゃあ、なぜ!?」

堪《こら》えきれないといった様子で言うエンリケ。

が、俺はきっちり言い聞かせた。

「前にも言っただろう。これが俺の義務であり、すべてだ。この行為で、救われる命がある。ならば、俺は誰にも知られなくても構わない」

そう。ここで頑張れば、俺が最終的に殺されることなく、まっとうにモブ人生を生きられるだろう。

具体的には俺の命が救われる。

「本気か？」

じっとこちらを見てくるエンリケ。俺は、そんなエンリケに爽やかにほほ笑んだ。

「──もちろん、本望だ」

力強く言い切る。

「そう、か……」

ふぅ、とエンリケがため息をつく。

「……坊ちゃん」

そして、一瞬の沈黙の後、エンリケが何かを思い出すようにして話し始めた。

「俺はギルドにいた時から、嫌な依頼は断り続けてきた。むかつく貴族や、足元を見る商人ども。ギルドの受付嬢にどれだけ頼まれても、な」

「……えぇ」

なんかシリアスな表情で始まる、突然のエンリケの告白。

が、俺はドン引きを隠せなかった。

え、それやっちゃうの？？？　という感じである。

俺自身、ギルドに詳しいわけではないが、そんな依頼の断り方ができるのは、ギルドでも屈指の実力者だけだろう。

現代日本で例えると、仕事をしないくせに仕事を選ぶ、とか、試験の成績もよくないのに宿題すらやってこない、とかそういうレベルだろうか。

エンリケは、強者ムーブが好きな一般的Fランク冒険者である。それがそんな断り方をして

たら……、

「気が付けば、俺はギルドを追放されていた」

「でしょうね」

思わず食い気味に答えてしまう。

そりゃそうだ。実力がないのにそんな感じだったら、そりゃ追放されるよ。

「ち、ちなみに、周りの冒険者の反応とかは……？」

「周りの冒険者だぁ？　あぁ、やつら、どいつもこいつも俺から眼《め》をそらしていたなあ」

「……うっわ」

「はっはっはっ、何だいその反応は。俺に気後れしないやつは、久しぶりだよ」

やばい。完全に、周りにも引かれてる。

が、エンリケはそんな俺の様子に気がつくことなく、「だがな」と楽しそうに続けた。

「俺は初めて、誰に依頼されているわけでもなく、他の誰でもないアンタと一緒に暴れたい、と思ってる」

「エ、エンリケ……」

手を出してくるエンリケ。

「というわけでよろしくな。坊ちゃん、いや」とここまで言ったエンリケが笑う。

眼をギラつかせた獰猛《どうもう》な笑み。

「なあ――ジェネシスよ」

「お、おう」

渋々手を握る。

とりあえず、エンリケはやる気になってくれているらしい。

こいつ、まあ悪いやつじゃないんだけどな……。

俺自身、あまり社会になじめているわけではないが、さすがは「社会不適合者の集まり」と揶揄《やゆ》される冒険者ギルドを追放された男である。

この事件が終わったら、マナーの一般常識でも一緒に勉強させてやろうかな、と俺は思った。

「しかし、ジェネシスか。初めて聞いた名だが、どこか心に突き刺さるいい名だ……」

「そ、そっか。よ、よかったな。頑張って考えた甲斐《かい》があったよ……」

どうせもう一生使わないはずの黒歴史の名前だが、厨二病的にもお気に召してくれたらしい。


そして、リヨンの街はかなり大きい。

屋敷を離れた俺たちは、急用だと言って馬車を捕まえていた。

運がいいことに、今日は貴族の魔物対策の会議があったからか、遅くまで馬車が動いていたらしい。それから、街の検問を超える。

そこからは、【身体強化】で速度を上げる。襲撃を受ける村は、少し山側の方角にあるので、さっさと走った方が早い。

走りながら、エンリケが俺に聞いてくる。

「俺はその村、ハーフェンに行けばいいんだろ？　それで盗賊の襲撃から村人を救うと」

あんまり人助けって柄じゃあないんだがな、と頭をかくエンリケ。

「で、ジェネシス。そっちはどうする？」

「俺は別の用事があるから、迂回《うかい》して、そちらに向かう」

「別の用事⁇」

どこだそりゃ、と顔をしかめるエンリケに向けて、俺はさらっと言い放った。

「あぁ――未来の英雄の顔を見に」

8章　眠れ、未来の英雄よ

息を落ち着かせる。

エンリケと別れた俺は、ラグ村の近くの山道にいた。

月明かりがあるとはいえ、この辺はリヨンの街中よりは暗い。

そんな道に潜む、黒ずくめの変態。逆の立場だったら絶対嫌だな、と思いつつ、俺は目的の人物を待っていた。

原作通りであれば、ジーク君はハーフェン村の異変を知り、居ても立っても居られず、村人の制止を振り切って、こっちの道を通るはずだ。

ちなみに、本来、ジーク君にこの世の厳しさを教えてくれることになる盗賊Aは、もう少し先の方で俺によって昏倒《こんとう》させられている。

少したって、急ぐ足音が聞こえた。

「クッ、早く行かないと……！」

そう言いながら、急いでこの場に現れた人物を見て、俺は密《ひそ》かに感動していた。

俺の目の前には、まだあどけない表情の少年がいた。

可愛い系のイケメン、といったところだろうか。女子と言っても通じそうな少年である。

ジーク君、本名ジークハルト。

ラグ村に住む何の変哲もない少年——というのは嘘《うそ》で、言わずと知れた『ラスアカ』の主人公。

魔法を使えない彼が、実力主義の魔術学院に入学し、可愛い女の子と一緒にサクセスしていくというのが『ラスアカ』のだいたいの流れだろう。

このように、男女問わず人気があるイケメン主人公。

だがしかし、彼も『ラスアカ』登場人物の例に漏れず、イカれメンタリティの持ち主である。

そんな少年に、「やあ」と声をかける。

「……ッ！　誰ですか？」

そう言って警戒心を露《あら》わにするジーク君。

俺は手を広げ、ジーク君に挨拶した。あくまでも友好的に。

なんといっても将来の救世主なのだ。

「——待っていたよ、ジーク君」

そんなことを言いつつ、俺は原作での2人の邂逅《かいこう》を思い出していた。

◇

主人公ジークは、高慢な貴族のウルトスと魔術学院で出会う。

『いいか！　君もランドールの高貴なる家名を聞いたことがあるだろう？？？　ボクちんはランドール公爵家の嫡男、ウルトス様だ！　学院は高貴なる者の学《まな》び舎《や》。君みたいなどこの馬の骨とも知れない平民が来ていいところじゃないんだよ』
『学院で必要なのは、家の格などではないはずです。現に僕は平民ですが、試験にも合格しています！　そして何より、自身の誓いのために、僕は学院に通う必要があるんです！』
『クックック……君、ジークと言ったかい⁉　ラグ村といえば、たしかリヨンの近くだったねえ～。リヨンの市長グレゴリオは君たちも知ってるだろう？　あれとボクちんは仲が良くてね。ボクちんの力を使えば、君を退学させるぐらい造作もないことなんだけどな～。どうだろう、ラグ村の税率だけ急に上がったり、とかね』
『本気で言っているんですか……？』

◇

う、う～～ん。

思い出してなんだが……く、クズだ。しょうもなさすぎる……。

明らかに、難癖のオンパレード。

しかも、完全に騙《だま》されて実権を奪われかけているのにもかかわらずグレゴリオの名前を出し、その威光を鼻にかけるという最悪の愚行である。

もっと言うと、ジーク君は英雄レインの息子。どう考えても、私怨で税率を勝手に上げていいわけがない。

案の定これでコケにされたクズトスは、様々な方法でジーク君やメインヒロインを陥れようとする。ヒロインを無理やりさらったり、どうでもいい場面でこいつのせいで何回もゲームオーバーになったり……。

その結果、クズトスはプレイすればするほど、腹が立ってくるというかなり不愉快なキャラクターに仕上がっていた。

クズトスが画面に映るだけでも「気分が悪くなった」という健康被害を訴える声も相次いだらしいので、これはもう本物である。

「待っていた……？　それに、なぜ名前を⁉」

と、クズトスの愚行を思い出して自分でダメージを受けていた俺の耳に、ジーク君の声が聞こえた。

が、その質問には答えない。

「ハーフェンのことを聞いたのかい？　たしかに、盗賊が来ているのは本当だよ。早く助けに行かなくてはね」

「なら……どいていただけますか？」

「そうだねえ。どいてあげたいのは山々なんだけど。残念ながら、このジェネシスは君を通すわけにはいかないんだよ」

そう言って、俺、こと謎の人物ジェネシスはゆっくりと深呼吸をした。

「ジェネシス……」

こんな怪しい人物に対して、ジーク君もしっかり構えを取っていた。

さすがは英雄である父に憧れているだけあって、こちらがやる気満々なのに気が付いてくれたようだ。

ありがたい。

「申し訳ないが、ここを通すわけにはいかない。どうしても通りたい、というのであれば――」

手を広げ、こちらも構える。

「このジェネシスを、倒してからにしてもらおうか！」

なぜ、俺が戦うことになったのか。

いや、俺も最初は盗賊に倒されそうになったジーク君をさっくり救出するつもりだった。

だがしかし。ふとある考えがひらめいたのである。

あれ、俺が戦った方が早いのでは？　と。

だって、そうだ。盗賊は大して強くないし、それと戦うくらいだったら俺がジーク君と戦い、レベリングを手伝った方が効率がいいだろう。

これは一回、ジーク君が絶望を味わい、再起するという負けイベントである。だったら、俺が安心安全に未来の英雄をエスコートした方がいい。

というわけで、俺は迫りくるジーク君の拳を眺めていた。

いい拳だった。シンプルでまっすぐ。きっと村の間では、いい線をいっていたのだろう。

が、しかし。俺はジーク君にもっと強くなってもらわないといけない。村では一番だ～レベルでいられても困るのである。

「ジーク君」

優しく言いながら、踏み込んできた主人公の動きに合わせる。

「その程度かい？？？」

「なっ!!!」

主人公の向かってくる力をも利用しながら、カウンターを決める。

ちなみに、今回はカウンター中心でいこうと俺は決めていた。

同じボコボコにするでも、こっちから殴りかかるよりはカウンター主体でいった方がまだマシな気がするし……。魔力による身体強化も使っていないので条件は平等だろう。

「……ッ!!」

俺の拳が、主人公の腹に突き刺さった。

「なんだ」

一歩も動いていない俺と、悶絶《もんぜつ》する主人公。そんな主人公に向けて、俺は言い放った。

「──英雄志望は口先だけかな？」と。

……ごめん。ごめんなさい。

後日、学院で再会したら、こっそりレアアイテムの隠し場所とか、これから裏切るやつとか、何となく教えてあげるから許して。

俺は内心謝り倒しながら、向かってくる主人公を待ち構えていた。

◇

「──英雄志望は口先だけか？」

そう言われ、頭に来たジークは拳を振るった。

が、その拳はあっけなく空を切る。

「なんでッ……!!」

一歩も動かずに、こちらの攻撃を、まるで何事もなかったようにいなす仮面の人物を見て、ジークは、目の前の光景はひょっとしたら夢なんじゃないか、と思い始めていた。

(なんで、届かないんだ……!!)

父、レインは小さいころから、ジークのあこがれだった。

強く優しい父。大都市のリヨンの騎士団長ということもあって、中々会う機会も少なかったが、会うたびに稽古を頼んだりしていた。

もちろん、父に勝てたことは1回もない。それでも、ジークは信じていた。きっとその差はいつか縮まる、と。

この差は、いつか縮めることができるものなのだ、と。

──だが、現実はどうしようもないほど非情で、どうしようもないほどあっけなかった。

「いい拳だ」と仮面の人物が言う。

ジークと向かい合う仮面の人物は、異様な格好をしていた。

顔にあるのは、灰色の仮面のみ。少し眼《め》の部分が空いているが、その眼からは何の感情もうかがえない。

そして、少し古風な貴族の衣装。だが、この男の何よりも異様な点は格好ではなく、態度にあった。

奇妙なほどに、丁寧だったのだ。

「さあ。ジーク君、どこからでもかかってきていいよ」

ジーク、という自分の名を知っているし、その上なぜか親しみまで感じる優しい口調。

だが、その口調とは裏腹に、その実力の差は圧倒的だった。

「うあああぁぁぁぁぁぁぁぁ」

拳が、空振る。ジークが突進した勢いそのままに、すかさず相手の反撃が来る。

「………クハッ!!!」

突き刺さる拳。全身に、衝撃が伝わる。

その拳から伝わるのは、差。圧倒的なまでの、格差。

(こんなに、遠いはずがないだろ……!!)

意識が飛びそうになりながらも、ジークは立ち向かう。

うぬぼれていたわけじゃない。でも、自分はこれまで努力してきたはずだ。

来る日も来る日も、努力してきた。才能はない、と父にすら言われた。なぜなら、ジークには魔力がほとんどなかったからだ。

どれだけ人を救うための強さを求めようとも、魔力がなければどこかで頭打ちになる。

普通に生きていけるんだから、魔力もないのに冒険者だの英雄だのにあこがれるのはやめておけ、と村のみんなに馬鹿にされても、ジークは必死に努力してきた。

誰にも負けないほどの努力。それが、それだけが……ジークのプライドだった。

だからこそ、自分はここで負けてはいけない……はずだった。

「うああああぁぁぁぁぁぁぁぁぁ！！！！！」

ジークは吠《ほ》えた。己を鼓舞し、仮面の男に飛びかかる。

だが、その瞬間、顔面に熱いものを感じた。勢いが殺される。横から蹴られ、そのまま、流れるように吹っ飛ばされた。

「いいねぇ」と言う仮面の男は、悠々とこちらを待っている。

あくまでも、待ちの姿勢。

言い訳の必要もないほど、圧倒的な実力差だった。

(こんなんじゃダメだ)

しかも、ジークの心には焦りがあった。

(早く行かないといけないのに……!!)

——そもそも、ジークがここを通ったのは、隣村・ハーフェンに盗賊が襲撃してきた、という事実を知ったからだった。

ハーフェンにはついこの間仲良くなった、イーリスという名の少女がいる。貴族だからと鼻にかけることもせず対等に接してくれた、正義感あふれる珍しい少女。

だからこそ、ジークは気が付けば、身体《からだ》が動いていた。

ハーフェンに行かなくては。

――が、届かない。

「うんうん、いいね」

拳も蹴りも何もかもが、届かない。届くイメージが、湧かない。

「悪くない、悪くない」

地面に、叩《たた》きつけられる。心を黒々としたものが塗りつぶしていく。

自分が目指していた道は、こんなにも先が見えない道だったのか。こんなにも、頂きは遠かったのか。

「うあああぁぁぁぁぁぁぁぁぁ！！！！！」

もはや、言葉にならない声を上げて、ジークは仮面の男に向かっていった。

何度反撃を食らっただろうか。気が付けば、ジークは地面に伏していた。頭がかすみ、何も考えられない。

「ふぅ……そろそろか」と頭上から声がした。

目の前から、光が消えていくのがわかった。ここで自分は死ぬのかもしれない。

が、認められなかった。

「――誰が」

それだけは認められなかった。

「こんなところでぇぇぇぇぇぇぇ!!!!」

力を、振り絞る。諦めてはいけない。

そう、ここで折れてしまったら、自分は自分でなくなってしまう。

だからこそ。

「――諦めてたまるものかァァァ!!!!!!」

その瞬間、身体中から一気に力が噴き出た。跳ね起き、地面を蹴って、瞬間的に仮面の人物に肉薄する。

――おそらく、その一撃は最高のタイミングだった。

敵は油断しきっていた。そこに、これまでにないほどの理想の一撃。

極限にまで追い詰められた肉体は、いまだかつてないほど研ぎ澄まされていた。

(いける!!!)

ジークは確信した。

拳が、仮面の男に迫る。その拳は、勝負が終わったと思って油断していた仮面の男に届く
――はずだった。

が、次の瞬間。

ジークは信じられないものを目撃してしまった。

必死に飛びかかったジークの目の前で、あろうことか、仮面の人物は怯《おび》えるでもなく、恐怖

するでもなく、拍手をしていた。

「なっ……!!」

こらえきれない、という喜悦が漏れているのが、傍目《はため》にもわかる。

「すごい……」

目の前の人物からあふれ出る、絶賛。

「すごい、すごいよ!!　ジーク君！！！！！」

そして、次の瞬間。確実に当たると思った一撃は空を切り、謎の人物は一瞬にして目の前から消えていた。

「は……」

理解が、できない。

すると、「ジーク君」という楽しそうな声が、後ろから聞こえた。

「いやいやまさか。魔力による身体強化にまで追い込まれるとは驚いた。やっぱりすごいなあ」

絶望。

後ろから聞こえてくる仮面の男の発言によって、ある事実に気が付いたジークは、震えが隠し切れなかった。

（嘘《うそ》……でしょ……）

この人物は、今まで魔力なしで戦っていたのだ。

ジークに魔力はほとんどない。

だからこそ、誰よりも魔力の重要性を知っている。

魔力はいわば、動力源。魔力を身体強化に用いれば、それだけで飛躍的に戦闘力は伸びる。

後ろの男は、それを今まで使っていなかった。それはすなわち、この男は、さらにもう一段階、いやもう二段階も上があるということ。

「うあああぁぁぁぁぁぁぁぁぁ！」

もはや、形もへったくれもなかった。振り向きざまに拳を振るう。

――だが、その一撃が届くことはなかった。

「いやいや、本当にすごいよ。君はもっと強くなれる」と仮面の人物が言った。

そして同時に感じたのは、首への衝撃。

「……カハッ」

「だから今は――」

視界が狭まり、意識が遠のいていく。

「――眠れ。未来の英雄よ」

とんだお笑い草だった。

あれだけ必死になったのに、自分は何も守れていない。

仲良くなった友人も守れず、ただただ地面に伏しているみじめな敗北者。

本当に自分は、口先だけの英雄志望だった。

――そんな自分が、未来の英雄……？？？

楽しそうに告げられたその言葉は、ジークの耳にこびりついて離れなかった。

◇

崩れ落ちる主人公。

「よっと」

俺は、その身体を丁重に抱きとめた。いやぁ、と一息つく。

「やっぱ主人公怖いなあ……」

ぼんやりと満天の夜空を見上げながら、俺は先ほどの激戦を思い出していた。

ジーク君が来る↓俺が迎え撃つ、というあくまでも紳士的な戦闘は、ものの十分で終わった。

原作の初戦闘の相手である盗賊は、「ヒャッハー！」みたいな感じだったが、俺は、とてもじゃないがそんな態度はとれなかった。

なるべく丁寧に、友好的に。だって、ジーク君は救世主、未来の英雄だ。

『ラスアカ』というゲームは、難易度が高い。

特に後半の難易度は鬼畜である、とまで言われていた。

後半なんて、Sランク冒険者並みの戦闘力があって、ギリギリついてこられるかな？？？レベルなのである。

名のあるSランク冒険者が出てきては、一瞬でかませ犬になる、という修羅の世界。

ちなみに、ただでさえ鬼畜な内容なのに、クズトスのくだらない妨害のせいでゲームオーバーになるというルートも多々あり、「ゲームのキャラクターなのはわかっているが、こいつだけは許せない。不愉快だ」とネット掲示板でプチ炎上していた。

……ま、まあ、それはさておき、そんな世紀末中世風異世界ファンタジーの中を、トップクラスのメンタリティで生き抜いていくのが、我らがジーク君である。

彼はすごい。

18禁ゲームという特性もあって、周りのメインヒロインとあんなことやこんなことをできたりもするのだが、二股攻略がバレて、ヤンデレ化したヒロインに刃物を突き付けられても、「いやあ、だって僕2人とも好きだし」という会話の選択肢が平気で出てくる男である。

もちろん、プレイヤーはドン引きした。

え、大丈夫なの???と。明らかにナイフ刺さりかけてるけど、大丈夫なの???と。

そして、そんなジーク君は序盤こそ他のキャラよりも特徴がないが、後半に行けば行くほど半端ではない進化を見せる。

最終的に覚醒した暁には、片手でSランク冒険者を葬れるようになるんだから、意味がわからない。

「さて、と」

未来の英雄様をその辺に寝転がしておくわけにもいかないので、なるべくよく眠れそうな場所を探す。なんかこう……いい感じにふかふかしてそうな場所を探してうろつく。

そういえばと思い、俺はつぶやいた。

「……最後も怖かったしなあ」

正直言って、俺はだいぶ楽観視していた。

俺こと——ウルトスの身体能力は高い。元々あった才能に加え、エンリケとも何回も訓練をしている。

だから、俺は思っていた。

まあ、そうは言っても、魔力は使わずに済むだろう、と。

魔力とは一種のブースターのようなものである。身体強化に魔力を回すだけで、数段戦闘力が上がる。

ジーク君はまだ英雄にあこがれる、ただの村人だ。だからこそ俺は、魔力を使う予定なんてなかった。

が、しかし。最後に飛び起きたジーク君の一撃には、魔力による身体強化を使わずにはいられなかった。

——血走った、獣のような眼《め》。

完全にゾーンに入っていた。あれは戦士の眼だ。

少なくとも、何も知らない村人がしていい眼差《まなざ》しではない。

作中では、戦闘で追い込まれれば追い込まれるほど強くなる、という生粋のバーサーカーのような主人公だったが、ここでもそれは変わっていなかった。

……うん。というか、結構ギリギリだった。

あのままパンチをもらって、当たりどころが悪く気絶なんかしたりしたら、そのままボコボコにされていただろう。

背筋が寒くなる。さすがは主人公。

恵まれた貴族の血筋を持っているのに、これだけアドバンテージがあるのに、冷や汗をかかせられるってヤバすぎる。

思わずこっちも興が乗って、「英雄よ」とか言っちゃったし……。


「この辺かな」

やっと見つかった木の株みたいなところに、俺は恐る恐るジーク君を横たえた。

しばし無言で、可愛《かわい》い顔をした少年を見つめる。

ちなみに、このゲーム。主人公に女性も選べるが、ほぼ見た目は変わらない。

ただ女性を選ぶと、メインヒロインたちと友人として普通に仲良くなる、というわけで普通の展開になってしまうので、主人公の性別は、男のジーク君が圧倒的大多数だったが。

すやすや眠るジーク君。が、そんな美少年を見て、俺はごくりとつばを飲んだ。

しかも――

「これだけのセンスがあって、まだまだ発展途上か」

そう。

この世界を「魔力」という視点で見ると、人々は3つの層に分かれる。

1. 魔力がない層（ジーク君）
2. 魔力はあるけど、魔法は使えない層（エンリケ、クズ市長など）
3. 学院で学び魔法を使える人間、主に貴族層（俺、イーリスなど）

という感じである。ちなみに、域外魔法持ちは3の中でも例外的な存在なのだが……、まあそれは置いておくとして。

要するに、ほぼほぼ、この位階は変えることができないのだ。

魔力は生まれつきだから。それは、この世界の理《ことわり》。絶対的なルール。

が、しかし、である。このルールを超越する怪物がいた。

何を隠そうジーク君である。

なんと、ジーク君は幼少期の敗戦をきっかけに、その辺の旅人に聞いた聞きかじりの知識といかれた執念で、自らの体内で魔力を意図的に枯渇・増幅させる、という世の魔法使いが聞いたら、「え⁇　死にたいの？？？　自殺志願者？？？」みたいな狂った練習をし始める。

もちろん、そうは言っても、魔力を魔法に変換させる技術は習得していないので、その結果、「魔法は一切使えないのに異常なほど魔力が高い」という化け物クラスの村人が誕生するのである。

「…………いやぁ」

改めて見ても、ヤバい。素人《しろうと》って本当に怖い。

試しに俺も、カルラ先生に、「こういう方法ってありですかね？」と聞いてみたところ、

「そ、そんな方法ダメ……!!! 私が何でも助けてあげるから、なんでも言うことを聞いてあげるから、つらい時はずっとそばにいてあげる……!!! だから、そんな真似《まね》だけはダメ……!!」

と涙を浮かべられた、ということからもその修業のヤバさが伝わるだろう。

クズトスは、完全に敵に回してはいけないイカレ素人を馬鹿にしてしまったのであった。

俺はジーク君を寝かせると、ハーフェン村の方へと歩き始めた。


「やぁ」

ジーク君を置いて、少し歩いたところにある木の根元で、俺はとある人物に呼びかけていた。

中々起きてこないので、一緒に置いておいた剣を手に取り、その柄《つか》で軽く小突く。

「お〜い」

木に縛られた汚い身なりの男が目を覚ました。

「なッ!! てめえさっきの……!! 何しやがる!!!」

目を覚ますなり、こちらに食ってかかる男。完全にお怒りのようである。

が、正直言えば、たしかにちょっと申し訳ないな、と俺は思っていた。

「いや、さっきは悪かったって」

「て、てめえ!! いきなり夜道で人を襲っておいて、『悪かった』じゃねえぞ!!!」

男の発言はもっともだった。

——なぜなら俺は、道を歩くこの男を、一撃で昏倒《こんとう》させ、縄で縛るだけ縛って放置していたからである。

　彼の名は、『盗賊A』。

　ハーフェン村で盗賊の本隊が暴れている時に、ラグ村まで偵察に来て原作のジーク君と戦うことになる男である。いわば、チュートリアルの敵キャラといったところか。

「……というか、てめえ、何者だ？？？」

　目を覚ましてから少したち、暗闇にも目が慣れてきたのだろうか。盗賊Aは、こちらを警戒し始めたようだった。

「俺は油断してたわけじゃねえぞ。灰色の仮面……見ない仮面だな。それに、その衣装……貴族の仮面舞踏会ってやつか？？？　いや、そんなのがこの辺にいるとは思えねえな」

「さてね」

　と言いつつ、俺は、お⁇　と思っていた。

『貴族の仮面舞踏会』。

　これは、中々の誉《ほ》め言葉ではないだろうか。

　頑張って灰色の絵の具を一生懸命塗りたくった甲斐《かい》があった。褒められると嬉《うれ》しい。

　と、まあ、それはさておき。俺は手を広げ、挨拶をした。

「――我が名は、ジェネシス」

　そうして、今夜以降は一生名乗らないであろう偽名をサクッと名乗った俺は、盗賊Aに呼びかけた。

「さて。ここからお前たちのアジトには、どうやって行ったらいいのかな⁉」

いったん整理しよう。

後半のパートはちょっと場所関係がややこしい。

後半で重要な拠点は3カ所ある。ジーク君のいるラグ村、イーリスが泊まっており、盗賊――という名の闇ギルドの襲撃を受けるはずのハーフェン村、そしてさらわれたイーリスが連れていかれる敵のアジトの3カ所である。

今のところ、ラグ村の件はクリアだ。

そもそも、ハーフェン村からジーク君のいるラグ村までは一本道なので、ジーク君は待ち構えていたら絶対に会える。そして、現に会えた。

後はきっとラグ村の住民たちが、気絶したジーク君を見つけて介抱してくれるだろう。

次の闇ギルドの襲撃が待ち受けているハーフェン村には、エンリケに行ってもらっている。きっとエンリケのようなレベルの冒険者でも十分に対応できるだろう。

良かった、相手が弱くて。

が、一方で、このイベントで同じようにピンチになるイーリスの方はどうだろうか。

イーリスはハーフェン村で捕まり、敵のアジトへとさらわれてしまう。

ここで1つ、問題があった。

肝心の、その敵のアジトの位置がわからないのである。ギリギリ覚えているのは、そのアジトがハーフェン村の近くにあるってことくらい。

原作だと騎士団は数を頼りに大々的に捜索して、騎士団長のレインがアジトを発見し、中に突入する、という流れだが、あいにく、今日始動したばかりのジェネシスさんにそんな数の部下はいない。いないったらいないのである。

というわけで、俺はジーク君に会いに行くついでに、盗賊Aを昏倒させていた。

アジトの場所を聞き出そう、という目論見《もくろみ》である。


「で、どうなんだ？？？」と俺は目の前で縛られた盗賊Aを問い詰めた。

――が、

「……おいおい、俺たちはただの盗賊だぜ？？？」

盗賊Aが、ニタニタ笑いながら口を開く。

「それが何で、『アジト』なんてものがあんだよ⁉　それじゃあまるで、俺たちが前々から何か企《たくら》んでいたみてえじゃねえか」

その口調は、雄弁に語っていた。お前などに言うつもりはなどない、と。

「どうしても場所は言わないつもりか？」

「ばーか。当たり前だろ」と盗賊Aがさらに笑みを深くした。

クックック、という笑い声が周囲に響く。

「奇妙なヤローだとは思ったが、おい、仮面ヤロー。お前もこっち側だろ⁉」

「こっち側⁉」

なんのことだろうか、と思いつつ聞き返す。

「とぼけるなよ、兄弟。その身のこなしに、その仮面。そして、うちのアジトの場所を知りたがっている……これだけ証拠がありゃ簡単だ。お前は俺たちの計画について何かを知っている。なあ、何が目的だ⁇　その情報をどこで知った⁉」

「……目的か」

この事件を引っ掻《か》き回すだけ引っ掻き回して、ゆるやかに原作からフェードアウトするのが目的です、と正直に言っても絶対に理解してもらえないと思うので、俺は黙っていた。

が、その様子を見て、男は何かに勘付いたらしい。

「ほらな、言えねえだろ？？？　言わなくてもわかる。情報の仕入れ先は、闇のルートだ。つまり、お前も俺と同じ穴の狢《むじな》だってことよ——裏の人間。常人とは別の世界の住人ってこった」

自信満々に、クックック、と男が笑う。お前も同類だろという目線。

が、俺としては、この計画をどこで知ったのかと聞かれたら、ゲームです、としか言いようがない。

まあ、厳密に言えば、俺はこの18禁ゲームを待ちきれずに、18歳の誕生日の数日前に購入してしまったので、情報の入手ルートとしては……。

「……ま、まあ、ちょっと正規ルートではないかもな。法律的にはギリギリだったし……闇のルートと言われると……」

18禁ゲームを18歳の誕生日前に購入してしまったので、闇のルートと言えば、そうかもしれない。

だが、いや、これに関しては仕方ないでしょ、と俺は言いたかった。

だってキャラが可愛いし……。発売前からめっちゃ評判だったし……。あんだけSNSでも盛り上がってたし……。

「だろ？？？」

得意げな男は、だがな、とこちらをあざ笑った。

「そこまで内情を知っているんなら、話は早い——お前、うちのギルド『明るい夜《ヘレ・ナハト》』の恐ろしさを知らないらしいな」

「やはり、『明るい夜《ヘレ・ナハト》』が関わっていたか」

苦々しくつぶやく。俺はその名をよく知っていた。

——『明るい夜《ヘレ・ナハト》』。

それは、今から十数年後の未来において、リヨン一帯を支配する巨大闇ギルドの名だった。

トップは市長のグレゴリオで、公職についている市長がトップを務めている、という実に素晴らしい闇ギルドである。

しかも驚くべきことに、原作の後半で主人公ジーク君の手によってすべて悪事が露《あら》わになるまで、リヨンの市長＝闇ギルドのトップという事実は、誰にもバレることはない。

用意周到すぎて泣けてくるレベルである。

間違いない。やはり、すべてはつながっていた。

「はぁ」

思わずため息が出る。

……本当に、実に、面倒くさい市長である。

仕事をしろ仕事を、と言いたくなる。表では頼りない領主（ウルトス両親）に代わり、実務を完璧に遂行しつつ、裏では闇ギルドを楽しく育てているらしい。

有能なのはわかるが、その有能さは他のところで発揮してほしかった。いや、本当に。

そして、やっぱりか、と脱力する俺の前で、

「あぁ。てめえもすぐに理解するよ。世の中には、知ったかぶって手を出しちゃいけない領域があるってことをな!!!!」

と、盗賊Aが叫んだ。

「俺1人に手を出して逃げられるとでも????『明るい夜《ヘレ・ナハト》』は新興のギルドだが、今まで我々に手を出して生きていられた者はいない!!!」

「……そうか」

すでにここに来る道中で、エンリケに命じて10人以上ボコボコにしてきた俺はなんと返答すればいいかわからず、微妙な表情で狂ったように笑う盗賊Aの演説を聞いていた。

……まあもっと言えば、この後エンリケをハーフェン村に突撃させる予定なので、『明るい夜《ヘレ・ナハト》』側の犠牲者は数倍に膨れ上がるだろう。

「クックック、後悔してももう遅いんだよ、仮面ヤロー!!!!」

無言になった俺を見て、盗賊Aはこちらがビビったと思っているようだった。

男は、心底たまらない、といった表情で続ける。

「そんなお前に素晴らしいプレゼントだぁ!! 他の裏ギルドとうちの違いを知りたいか？？？？

いいか！　このギルドのトップは誰にも知らされていないんだよ!!」

「なに？」

すごいだろ、とこちらをあざ笑う男は止まらない。

「誰も名前を知らない!! トップの名前を探ろうとした人間は、全員始末された!!! そんな恐ろしいギルド、今まであったか⁇⁇ それなのに、我々はリヨンの奥深くにまで入り込んでいる!!! そうさ、まさしく怪物だ!!! てめえはうちのボスの名を聞いたことがあるか⁉⁉ ないだろ!!!」

消えな！　とこちらにつばを吐き、完全に勝ち誇った様子の盗賊A。

「……なるほど」

仕組みはわかった。グレゴリオはかなり用意周到にギルドの運営をしているらしい。

仕方ない。

勝ち誇る男に向けて、俺は爆弾を投下することにした。

「あぁ、グレゴリオ市長か」

「そうさ!!! あのグレゴリオ市長と共に、俺たちはリヨンのすべてを支配する!!!! だからお前になんぞアジトの場所を吐くわけがないんだよ!!!」

「ほうほう」

「俺たちの計画は完璧だァ!!!!　――――んん？？？」

「ん？」

「ん⁇」

一瞬の静寂。

今まで楽しそうに語っていた盗賊Aの顔が、初めて固まった。

「グ、グレゴリオ市長……⁇⁇」

「そうだよ」

「……は？」

理解できないといった表情の男。

今から十数年後にやっと明かされる驚愕《きょうがく》の事実をネタバレされた彼は、完全に面食らっていた。

「ちょ、ちょっと待ってくれ。冗談きついぜ。リヨンの市長だよな、グレゴリオって⁇」

「おう」

「え、あの爽やかでいい男だとリヨンのマダムに人気の……？？？」

「そうそう」

「………………」

「……………………」

しばしの沈黙。

微妙に気まずい雰囲気が俺たちの間に訪れた。

ふわりと。気持ちのいい夜風が通り抜ける。いい夜である。

が、残念ながら、俺は自分の将来のために口を割らせる気満々だった。

「い、いやありえねえ……と思いますよ。仮面ヤロー……じゃなくて仮面さん。だって、なんで市長が自分の街の近くを襲わせるんだよ」

その気持ち、わかるよ。

傍《はた》から見たら意味不明だもんな。

が、俺は盗賊Aを無言で促した。

「え、いや、そういえば、本来あるはずの騎士団の巡回も、リヨンで貴族の会議があるからって、だいぶ後回しにされてたし……。なんかやけにうちのギルドだけ摘発を免れているような……」

思い当たる節があったらしく、自分で言いながらも次第に青ざめていく男。

「えっ、うちのボス……グレゴリオ市長……⁇⁇」

盗賊Aの呆気《あっけ》にとられたような声が、辺りに響いた——

「ちなみにもうちょい先の方で、あの騎士団長レインの息子がボコボコにされて寝込んでるぞ」

「レインの息子⁉　ど、どういうことだよ⁉⁉　誰がそんなめちゃくちゃなことを‼」

「本来お前がやるはずだったけど、やったのは俺」

「はぁぁぁぁァァァァァァ!?!?!?」

もはや恐怖一色といった様子で叫ぶ盗賊A。

「ジェ、ジェネシスとか言ったか⁇　お前一体何がしてえんだよ!!!!」

意味がわからねえ、と震える男。

俺はそんな盗賊Aに向けて、爽やかに言い放った。

何がしたい⁇　決まっている。もちろん、俺が望むのは——

「モブ人生だ」

「……はあ???」

男は絶句した。

こうして、最終的に怯《おび》え切った彼から、

「わ、わかった。もう何もしないでくれ、というか、アジトも全部話すから、頼むから俺の人生に金輪際、関わらないでくれ」

という言葉を引き出した俺は、敵のアジトに向け走り出した。


「ここ、か」

盗賊Aに快く協力してもらった俺は、盗賊のアジトへと到着していた。

敵の拠点は、ハーフェン村の近くの洞窟に偽装してあった。たしかに、一見すると普通の洞窟のようで、場所を聞かないとわからなかっただろう。

入口付近の木の上に潜み、様子を見る。

下には、見張りのような人間が2人。耳を澄ますと、微《かす》かに声が聞こえてきた。

「――本隊は？」

「あぁ、ハーフェンで村人の襲撃を始めている」

「しっかし、俺たちもついていたな」

「たしかに。まさか村の近くに、貴族の娘がいるなんて思いもしなかったぜ」

「あぁ。貴族の娘なんて使い道はいくらでもあるしな。身代金でも何でもありだ」

そして、時折聞こえる貴族の娘、という単語。なるほど。イーリスはすでに捕らえられているらしい。

後は、自分が突入するだけ。原作でレインが突入するよりもちょっと早いが、まあ、早い分には問題はないだろう。

――が、しかし。1つ、気がかりなことがあった。

俺は、盗賊Aの最後の捨て台詞《ぜりふ》が妙に気になっていた。

敵の拠点を聞き出すことに成功した後、「やけに素直に話すんだな」と尋ねた俺に、盗賊はこう答えた。

――まあ、どうせアジトに行けたところで、勝てないからな、と。

『勝てない⁉』

『あぁ、闇ギルドってのはこう見て人材の宝庫でな。表には出られない連中がわんさかいるんだよ。な、わかるか⁇　俺たちが何も用意していないとでも思ったか⁇　つまり、こっちだって、この計画のために化け物を用意しているんだよ‼‼』

化け物。

おそらく、アジトの中には、こいつらの中でも頭一つ抜けた実力者がいるのだろうと俺は推測していた。たぶん、そいつがイーリスの近くにいて、原作でレインと戦う役目。

いけるか？　と、自分に問いかける。俺はどう見たって、Fランク冒険者と同じかそれ以下だ。

正直に言えば、ここでアジトに突入するのは分が悪い、とも言える。

──が、俺には勝算があった。というか、俺は、この道中である事実に気が付き始めていた。

「よっと」

木の上から飛び降り、地面に着地する。

「……なッ!!!」

急に頭上から現れた俺に対し、驚愕を露わにする盗賊たち。

が、二の句も継げぬうちに、

「「ゴハッ!!」」

俺は流れるように剣の柄《つか》で、2人を眠らせる。ちなみに、この剣は盗賊Aから頂いたものだ。

見張りはこれ以上はいないらしい。

「さてと、他は中か……」

そう言いながらも、盗賊2人を無力化した俺は、やっぱりな、と確信を強めていた。

──そう。

俺たち思っているよりも強いんじゃない？　問題である。

俺が今夜、戦ったやつらは、あまりにも歯ごたえがなさすぎた。『明るい夜《ヘレ・ナハト》』の連中が、現時点では、売れない劇団員を主軸とするチンピラ同好会ギルドだったとしても、あまりにも弱すぎる。

考えてみれば、エンリケだって、あの劇団員たちをあまりにも軽々と一蹴していた。

そこから導き出される結論は、たった1つ。

つまり、エンリケは強い。俺が思っているよりも、遥《はる》かに。

だからこそ、そのエンリケと共に修業をしていた俺もそれなりの実力が身についていたのだろう。

「あいつ……」

おそらく。ごくりと、つばを飲む。

あの、圧倒的な強さ。

「──Eランクの上位はあるな、たぶん」

それか、もしくはDの底辺くらい。それしか考えられない。

エンリケが、「強者ムーブには一生懸命励むくせに仕事はサボるFランク冒険者」として、ギルドから追放されたのは数年前のことらしい。

だとすると、エンリケもそれなりに強くなっているというのも、うなずける話だろう。

まだあの強者ムーブをするにしては、強さが足りないような気もするが……。まあ、それはいいだろう。

ということは、だ。

俺だってやれるはずだ。ここにどんな敵がいようとも、十分、俺にも勝算がある。

アジトの入口前で、空を見上げる。そろそろ、エンリケもハーフェン村に着いているころだろう。

ハーフェン村が盗賊の襲撃に遭い、主人公にとって身近な場所がめちゃくちゃに壊されてしまう、というのは主人公やイーリスにとっても結構トラウマポイントだったりもする。

まあ、もっと言うと、この後ランドール公爵家がめちゃくちゃに叩《たた》かれてしまうのである。

だから。頼むぞ、と俺はきっと現在進行形で頑張っているであろうエンリケに呼びかけた。

――エンリケ。

うちの、ランドール家の評判は、君の双肩にかかっている。

頼むから、良い感じのハッピーエンドで終わらせてくれ……!!!

◇

遡ること、少し前。元Sランク冒険者にして、ジェネシスの第一の部下、エンリケも同じく空を見上げていた。

「すまんなジェネシスよ。こりゃ、あれだな」

エンリケは辺りを見回した。

右を見ても木、左を見ても木。何なら、後ろも前も木しかない。

「……迷ったな、うん。そういえば、ランドール領に来たのだって、道に迷っての偶然だったしなあ……」

そもそも、エンリケという男は方向音痴だった。すべてを壊しつくす、と謳《うた》われた元Sランクの怪物は、壊滅的に方向がわからなかったのである。

そんなエンリケは、同じ夜空の下ですでに動き始めているであろうジェネシス、いや坊ちゃんを思い浮かべた。

「……ほんの少し、ちょっと遅れるかもしれねえが……こ、こっちも頑張ってるぜ坊ちゃん」

——割と2人は、似た者同士だった。

9章　冥土の土産に教えてやる

「……はぁ、はぁッ！」

走る。息が切れそうになり、肺が痛む。が、構わず走る。少年は今、森の中へと逃げ込んでいた。

ハーフェン村。リヨンの近くにあるその村は、魔物の脅威からも逃れた平和な村だった。そのはずだった——つい、先ほどまでは。

「な、なんであんなことに……!!!」

必死に走りながら、少年は思った。少年が異変に気が付いたのは、夜になってからだった。

たしかに、ここ一週間は、近くにある大都市——リヨンで貴族の会議が開かれるらしく、滅《めっ》多《た》に見られない貴族のご令嬢が村に泊まるというハプニングもあったが……、何事もなく、普段通りだった。

そして、夜。

予定より早めに領地に戻ることにした貴族の令嬢、イーリスに村人が別れを告げ、彼女が出ていったほんの少し後、そろそろ村人が寝ようとしたときに奇妙な集団が現れた。

——剣を持った、黒衣の男たち。

無言。誰1人として会話もない男たちの集団は、無言で村を囲うようにして現れた。

明らかに、ただ者ではない。その剣呑《けんのん》な雰囲気に、いち早く気が付いた少年の父は「お前だけでも逃げろ!!」と口にした。

村の裏手の森に走れ、と。その瞬間、少年は脱兎《だっと》のごとく逃げだした。

早めに動いたのが、功を奏したのだろう。少年はかろうじて村が包囲される前に、裏手の森に入ることができた。

(一体、なんでこんなことに!!!)

最後に振り返った時に見えたのは、赤い炎。燃え盛る村はどうなっているのか。

(誰か……!!　誰か……!!!)

訳もわからずに少年は森の中を走っていた。ふと、少年の胸に思い浮かんだのは、よくある英雄譚《たん》だった。

きらきらと輝く美しい鎧《よろい》を着た精悍《せいかん》な顔立ちの英雄が、絶望的な状況に陥った人々を救う。

そんな、夢物語。普段だったら、「何をバカなことを」と一蹴する話だが、そんな夢物語を必死に望むほどに少年は追い詰められていた。

もはや、何でもいい。たとえば、騎士団の英雄レインとか。数々の魔物から人々を救った英雄。

が、そんなのは無理だと心の中ではわかっていた。リヨンの街までは、まだまだ距離がある。

そんな都合よく、騎士団が現れるはずがない。そんな都合よく、自分たちが救われるはずがない。

祈りは、届かない。

そう。本来であれば。

少年は、この事件の後、ハーフェン村の数少ない生き残りとして、残りの生を後悔とともに全うするはずだった。

が——運命は、彼を見放していなかった。

ドンッ、という鈍い音が響く。それは後ろの追手を警戒しようと、少しの間、少年が正面から目を離した一瞬に、何かとぶつかった音だった。

「ッ……！」

ぶつかって倒れる。

すると同時に、「いってぇ!!」という声が聞こえた。

「……ッ!!　す、すみません」

そう言いながら、少年は跳ね起きた。人がいる。

自分の願いは叶《かな》ったのだ、と。

そう。目の前には、きっと精悍な顔立ちの騎士団の英雄が、清く正しく美しい、理想の英雄の姿が——

「僕は、マシューと言います!!　この先にあるハーフェン村の村長の息子です。今、村が何者かに襲われていて……」

マシューは必死だった。正直、この時間にこの森にいるなんて変人もいいところだ。

が、しかし、この機会を逃すわけにはいかない。

「お願いします!!!　できる限りの謝礼は払います!!　一緒にリヨンの街まで連れていって……え？」

月明かりの中、眼《め》を凝らして見る。

少年の視線の先にいたのは、ありえないほど怪しげな男だった。ぼさぼさの髪。衣装は普通だが、だらしなく着こなしているせいで汚く見える。

「……騎士団じゃない？」

「ほお、ハーフェン村のガキかあ？　ついてるなあ、お前」

そしてとどめとばかりに品のない言葉遣い。

マシューは絶望した。村の命運は、まさに自分の双肩にかかっている。それなのに、それなのに、自分は特大の外れを引き当ててしまったらしい。

「よし、坊主行くぞ！」

「ど、どこにです？」

「ハーフェン村に決まってるだろ？」

「……いや僕そこから逃げてきて……っていうかどう見積もっても40人以上いたんですけど」

「ふうん。そりゃご苦労だな」

（お、終わった……）

マシューは確信した。完全に終わっている、と。

やっとのことで村の襲撃犯から逃げてきたのに変な男に絡まれ、挙句の果てにその変な男は村に引き返すと言っているのだ。これが悪夢じゃなくて何なのか。

どう控えめに見ても自殺志願者か何かとしか思えない。ああ、きっとこの変質者は自殺志願者で、マシューを道連れにしたがっているのだ。

「望むものは、金、ですか……？」

「そうだなあ」と男がニヤニヤ笑う。

「ありったけの金を、たんまり頂くとするか……」

あぁ、やっぱりな、とマシューは思った。

この男は、見るからにお金がなさそうだった。きっと、とんでもなくがめついのだろう。果たして、村にあるお金で足りるかどうか……。

——が、しかし、である。

「……あ、いやでも待てよ」

楽しそうにしていた男の顔が、突然、渋い顔になった。途端、微妙な表情でぶつぶつと、つぶやき始める男。

「ついついくせでたかろうとしたが、ジェネシスには金をもらうなって言われるんだよなあ……あぁ、面倒くせぇ」

理解が及ばないが、どうやらこの男は、『ジェネシス』なる存在に弱いらしい。

「あの、あまり話の流れが見えてこないんですけども……お金はいらないんですか⁇」

「あぁ、そうだ小僧。ちと、こっちの事情でな」

はぁ、とため息をつきながら男が答える。

「で、では何を……！」

そう聞きつつ、マシューはまたも顔を暗くしていた。金はいらない。ありがたい話にも思えるが、そうではない。

逆に、一体どんな無茶《むちゃ》な要求をされるか。村人を全員奴隷にするとかそういう感じだろうか。

たしかに、目の前のニヤニヤ笑う男からは、そのくらい要求してきそうな怪しさを感じる。

（もう、ダメだ。お父さん、お母さんごめんなさい……ハーフェン村は、僕の代で終わりです……）

目の前が、真っ暗になる――

「……その、あれだ。終わったら、勝手に宴会でもしてな」

男が面倒くさそうにつぶやいた。

時が止まる。

「……え、宴会ですか⁇　え、僕らがするんですか？？？」

盗賊を撃退することができたら、宴会をしろ、ということだろうか。

どう考えても、意味がわからない。宴会？　このタイミングで？

まともな神経ではない。やっぱりこの男、自殺志願者の線が高いのかもしれない。

「まあいい、大船に乗った気でいろよ小僧」と謎のテンションの高さを見せつける男。

そんな男に引きずられながら、マシューはもう破れかぶれで空を見上げた。

（お父さん、お母さん。無能な僕ですみません……そして、宴会って何なんでしょう……）


ハーフェン村。

本来、リヨンの街の近くにある穏やかな村は悲惨な状態だった。

燃える家。倒れる男。そして、村の中心部に集めた村人を無機質な眼で見つめる黒ずくめの男たち。

黒ずくめの男たちがこれから何をしようとしているかは明白だった。

男たちが短刀を構える。

「…………ッ!!」

村人は自分たちに降りかかる運命に絶望した。実際、村人たちの直感に間違いはなかった。

――本来、英雄のレインが駆け付けたとしても、それは少し後の話。

何とか駆け付けることのできた騎士団でも、到着するにはまだ少し時間がかかる。

あの騎士団であっても村人のほとんどを救うことは叶わず、この事件を機に、貴族の腐敗とそれにもかかわらずいち早く対応した市長と騎士団の名声が上がる、はずだった。

そう。本来であれば。

が、その刃《やいば》が振り下ろされそうになった瞬間、そんな惨劇の場にふさわしくない、明るい、というよりかは、何も考えていなそうな声が響いた。

「おぉ、やってんなぁ」

村中の視線が、声のした方に向けられた。闇に眼を凝らしたその先。

その先から歩いてきたのは、剣をぷらぷらと持つ、だらしない格好の男だった。

「…………‼」

黒ずくめの男も、村人も誰もが声を出せない。ここにいる誰もがこう思っていた。一体、こいつは誰なんだ、と。

「──おいおい、なんだよ」

我が物顔で乱入してきた男が、辺りを見回す。

「素人《しろうと》とはやり合うくせに、飛び入り参加の俺は受け付けてくれねェってのか？」

カッカッカ、と男が嗤《わら》った。

「よ、よくわからないが、逃げろ！　いいから！　村を離れろ‼!」

我先にと避難する村人たちは無視して、黒ずくめの男たちがじりじりと、一定の距離を保ったままエンリケに近づいてくる。

その数は──ゆうに40を超えるだろう。気が付けば男たちは、まるで輪のようにエンリケを囲んでいた。

それは、檻《おり》。決して敵を逃がさない、という檻。冒険者といえど、数には勝てない。

──が、

「へぇ、有象無象《うぞうむぞう》のやつらよりも、俺1人を先に処理した方がいいって判断か。間違っちゃいねえよ。褒めてやる」

エンリケは平然と、自分を無言で囲む黒ずくめの男たちを待っていた。

もちろん、エンリケとて油断していたわけではない。

エンリケは冷静に計算していた。完全に訓練された動き。一糸乱れぬ連携。冷徹に任務を遂行するという意志。

しかも、

「おいおい、魔法を使えるやつまでいんのかよ。暗殺専門ってことは【風】系統か？」

魔法の属性まで指摘するが、相手の男たちは答えない。

「ふぅん、なるほどねぇ」

冒険者時代に培った感覚で、この集団の強さはある程度わかる。

（こいつら――A、いや、集団戦の厄介さで言ったら、Sはあるか）

なるほどな、とエンリケは納得した。頭の中の情報を整理する。

「事を起こす誘導役がリヨンの屋敷に潜み、訓練されたお前らが本隊で村を襲う……」

指折り数える。

「そんでもって、最後にアジトに強えやつが控えてるって寸法か」

そう。

しかも、エンリケは同時に強い魔力の残滓《ざんし》を嗅ぎ分けていた。この村から少し離れた場所に、かなり強いやつがいる。

おそらく、自分と同等の強さ。

と、ここまで来て、あることにエンリケは気が付いた。

「あぁ、別行動ってのはそういうことか」

天を仰いで、誰ともなしにつぶやく。

(坊ちゃんが、捕まった嬢ちゃんを助けに行く、と。その間に俺が、こいつらの相手をするんだな)

しかし、エンリケは「はぁ」と大きくため息をついた。

いくら坊ちゃんに任されたとはいえ、正直いって、相当に面倒な相手だった。

Sランククラスを相手に、しかも、タダ働きだ。

『タダ働き』。

それは、エンリケがこの世で2番目に嫌いな言葉である。普段であれば、とてもじゃないが、こんな面倒事なんぞに首を突っ込みはしなかっただろう。

が、

「なんか、気に食わねえんだよなぁ」

そう言って、エンリケは辺りを見渡した。

エンリケのイラつきの原因はただただ、シンプルだった。

――なんで、お前らは素人相手に遊んでんだ、と。

別に、エンリケは聖人君子ではない。騎士団みたいに「平和を守ろう」だの、「人々を救いたい」とかいう暑苦しい人種とは真逆のタイプだ。

弱いやつがどうなろうと構わない。エンリケ自身はそう思っている。もちろん、今も。

だが、

「別に戦いたきゃ、ダンジョンに行きゃいいだろ。魔物の討伐だっていい。冒険者は命懸けだからなァ。ギルドの名簿は年中無休で余ってるぜ。それなのに、その辺の素人相手に遊んでいるのが気に食わねえんだよ」

眼を閉じ、息を吸う。

エンリケは、その一点が、その一点だけが気に食わなかった。

「――それだけの強さを持ちながら。なあ、薄汚《うすぎたね》え闇ギルド風情が」

そう口に出すと、ピリピリと何かがエンリケの肌を焦がした。

肌を突き刺すような感覚。

それは、エンリケ自身の魔力だった。身体《からだ》から漏れ出した魔力に気が付いたのだろう。

俄然《がぜん》、男たちも戦闘態勢に入る。

「……シッ!!」

弾《はじ》かれたように、先頭にいた3人がエンリケに迫ってきた。

――地を這《は》うような斬撃。速く重い。

その必殺の一撃は、空気を読めずに乱入してきた愚かな英雄気取りの冒険者を一刀両断にする――はずだった。

エンリケが、無造作に剣を振るう。それだけで、

「んなッ……!!」

今まで冷徹に動き続けた集団に、動揺が走った。

気が付いた時には、エンリケの前に男たちが倒れていた。

「ったくよぉ、人生ってのは不思議なもんだなあ」

そんな目の前の集団の動揺も気にせず、エンリケはため息をついた。

「弟子を取る気もなく、誰かに仕えるなんぞ考えたこともなかったこの俺様が、誰かさんの命令でタダ働きだ。本当に、人生わかりゃしねぇ」

剣を構える。

——さあて、やりますか。

そう言ったのを口切りに、エンリケを中心に、魔力があふれ出した。

それは、荒れ狂うほど、理不尽な魔力。

それは、目を背けたくなるほど、暴力的な魔力。

「んなッ」

浮き足立ち始めた男たちに、エンリケは優しく笑いかけた。

「——あぁ、心配すんな。魔力を魔法に変換する技術なんざ持っちゃいねぇ。そんな育ちが良くなかったもんでな。俺ができるのは、この魔力を身体強化に回すだけだ」

が、明らかに男たちは気が付き始めたらしい。

追い込まれたのは自分たちかもしれない、と。

「……クソがッ!!!」

男たちが何事か唱えた。

次の瞬間、エンリケの眼《め》の前に咲き誇る、色とりどりの光。

「【強化付与《エンチャント》】か」

【強化付与《エンチャント》】。

要するに、エンリケの身体強化は、ただ己の魔力を身体に回しているだけの初歩中の初歩だ。

それに対し、【強化付与《エンチャント》】は体内の魔力自体を一時的に増加させたりするもので、エンリケのような雑な身体強化よりもはるかに難易度が高い。

だからこそ、相手が【強化付与《エンチャント》】を唱え始めたら、さっさとその魔法を中断させるのがセオリーとされている。

が、しかし、エンリケは動かない。それどころか、相手を待っていた。

やがて、男たちも準備を終えたようだった。

「おいおい、【強化付与《エンチャント》】も我流じゃなくて、結構しっかりした感じだったな。なんだ、まじめに学院とか通っていたクチか？」

男たちは、エンリケの軽口にすら乗ってこない。

まあいいさ、とエンリケは改めて、男たちを見渡した。

「冥土の土産《みやげ》に教えてやる。俺の名はエンリケ。このあと予定がクソほど詰まっててな」

そこまで言ったエンリケは、嗤いながら口を開いた。

──さっさと来い。遊んでやる。
瞬間、男たちが飛びかかってきた。【強化付与《エンチャント》】が施された魔法が渦巻く。
四方八方から迫る攻撃が、エンリケの肉体をバラバラに──
「雑魚《ざこ》が。食前の運動にすら、なりゃしねえ」
素人相手に遊んでいるから、その程度なんだ。
かわしもせず、エンリケは目の前の男を頭蓋から両断した。

10章　【絶影】のバルド

「いやぁ……」

どこまでも続いていく岩肌を見ながら、あいつ、元気にやっているかな、と俺は不安に思っていた。

あいつとは、もちろん、うちのエンリケのことである。

正直言って、エンリケは何事にも乗り気で気のいいやつなのだが、俺のモブムーブと彼の目指す強者ムーブは、中々合わない部分がある。

だからこそ俺は、今回だって別れる際にきちんと言っておいた。

――エンリケ。頼むから、目立つような真似《まね》はするなよ、と。

お金とか報酬とかいらないからな。いや本当に、と何回もくぎを刺したのである。

本人は、

「命の危機を救ってやるのに、タダ働きってか⁇　おいおい、とことん甘ちゃんだな、アンタも」と、なぜかちょっと嬉《うれ》しそうにしていたが……。

あの男は割とズレているからな、と俺は思っていた。

村中を巻き込んで、派手なことだけはやっていないと信じたい。

一瞬、俺の頭の中を嫌な想像がかすめた。大勢の村人にお礼にちょっとお酒をふるまってもらっているエンリケの姿。

「ま、まさかね」

エンリケも俺の目立ちたくない、という趣旨を理解してくれているはずである。

そんなことには、きっとなっていない。

今頃、さっさと盗賊に化けた闇ギルドのメンバーを殲滅《せんめつ》し、さくっと村から離脱してくれているはずだった。

そんなことを考えながらアジトを探索する。

アジトは洞窟に偽装してあるらしく、中々作り込まれていた。

それにしても、結構広い。一体どれだけの準備をしてあるのだろうか。

「さて」

かなり奥まで来たような気もするが、もう少しで行き止まりになりそうなので、構わず進む。

そして。先ほどから、ちょいちょい雑魚劇団員が、

「てめえ、どこから来やがった！」などと言いながら曲がり角から現れたりもするが、そのたびに俺は、「失礼」と侵入した非礼を詫《わ》びていた。

「……ッぶほぉォォ！」

「失礼」の一言と共に繰り出される俺の一撃を受け、崩れ落ちる男。

騒ぎを聞きつけたのか、もう1人、男が現れた。

「おい、なんでお前は倒れてる……ん？　そのダサい仮面野郎は……ッぶほぉォォ!!!!　って、

ぐはァァァ!!」

ちなみに最後の男は一発余計に殴ったが、決してお手製の仮面をバカにされた腹いせではない。たぶん。

こんな感じで、先ほどから俺は相手を全員、殴るだけにしていた。

というか、俺はそもそも、今回の事件をどうにかした以降はモブに徹する覚悟である。片っ端から殺していく???　いやいや、そんなモブがいるわけないのである。

今回の計画は、

1．主人公ジーク君を鍛える

2．勝気なメインヒロイン・イーリスを救って、実は人間捨てたもんじゃないよ的なアピールをする

3．グレゴリオ市長の計画をめちゃくちゃにして、なんとか諦めてもらう

の以上3点がメインとなっている。

いくら変な仮面を被《かぶ》っていたとしても、これ以上に目立つことは避けたいのである。

というわけで、俺はなるべく殺さない方向で、優しく戦っていた。

——だが、しかし、同時にちょっと俺はワクワクしていた。

「まさかこの省かれたシーンを見ることができるとは……」

そう。

このイーリス誘拐事件のイベント戦は、原作では見ることができない。

要するに、『ラスアカ』プレイヤーは、徹頭徹尾ジーク君視点でプレイするので、この時点でのイーリスと、敵と、それから間一髪のところで来るレインのやり取りがわからない。

原作の時間軸において、イーリスのヒロインルートに進むと、後々、『幼少期の自分を変えた出来事』として、断片的に語られるくらいだ。

だからこそ、俺は楽しみだった。

――カツカツ、と俺の足音が響く。

この先にいるとかいう強いやつは、おそらくここを守るやつらのレベルからいっても、そうでもない。

そして、そいつを倒し、俺はイーリスにこう告げる。

君を助けに来た、と。

そう。世の中捨てたもんじゃないぜ、的な。

何なら、余裕があったら、

「そういえば、あのランドール家の嫡男ウルトスは、ただ単に口が悪いだけらしいな」とか、

「実は結構優しくて、口が悪いのは愛情表現の一種なんだよな」とかボソッと告げればいい。

――そう。

俺は知っていた。

こういう類いの噂《うわさ》は本人に言われるよりは、他人から聞かされる方がいい、と。

たとえば、自分に好きな人がいたとしても、直接好意を伝えるよりは、共通の知人などに、

「あいつ、実はお前のことが好きらしいぜ」と言ってもらう方が、恋愛対象として意識しやすいらしいのである。

カツカツ、という足音が止まる。

目の前には、開けた空間。俺は大きなホールのような場所に着いていた。

そして、人の気配。

「――よし、第二ラウンドだ」

俺は足を踏み入れた。


足を踏み入れた先にいたのは、2人の男女だった。

俺に近い方にいて背を向けている1人は、赤い髪の美少女――イーリスなのだが……どうも様子がおかしい。

「はぁはぁ」という荒い息。

よくよく見ると、背中も震えている。

夕方、ウルトスとして会った時に感じた、きりっとした美少女の印象はどこにもない。

「そこにいるのは誰⁉」

急に彼女が尋ねてくる。

「あぁ、待たせたな。俺の名は――」

ジェネシスだ、とカッコよく名乗る前に、俺の名乗りは中断させられてしまった。

他の誰でもない、彼女の絶叫によって。

「誰でもいい!!　やつの標的は私」

そして、彼女が振り返りもせず叫んだ。

「今なら間に合う、逃げてッ!!　いいから!!!!」

「…………え、あぁ」

俺はこのときほど、仮面を被っていてよかったと思わずにはいられなかった。

なぜなら、この瞬間、俺は仮面の下で事態が一切飲み込めず、見事なほどにアホ面を晒《さら》していたからである。

いいから早く、と彼女は焦っているようだった。

あれ、と俺は思った。メインヒロインのイーリスは本当に強い。

原作での彼女は、当初、主人公を侮ってはいるが、その真の才能の片鱗《へんりん》を発揮させたジーク君に敗れて以降は彼のことを好きになる、というツンデレ系ヒロインである。

そんな経緯もあって、割と幼少期のころから強く、戦闘では頼れるメンバーの1人。

ちなみに、ヒロイン連中でぶっちぎりに強いのはカルラ先生だが、域外魔法を使える彼女はそのままだと強すぎると判断されたのか、彼女がパーティに入るのはだいたい薬とかを飲まされて調子が悪い時で、基本的に弱体化させられている。

不信感。

そんな彼女が、こうまでして取り乱す相手。視線をもう1人の男の方に送る。

向こう側に、ふらりと立った男は能面のような表情をしていた。感情が感じられない眼差し《まなざ》をした色白い男。

ほお、と男がつぶやく。

「……珍妙な乱入者だ。村の方からは懐かしい魔力を、【鬼】の魔力を感じたのだが――貴様は誰だ？」

と、相変わらず感情の見えないトーンで男が尋ねてくる。

鬼⁇　何言ってんだこいつ。

が、俺がその声を聞いて、返事をする間もなく、

「逃げて‼　今すぐに!!!」とイーリスがもはや悲鳴に近いような声を出した。

え、いや何が⁇　と問おうとした瞬間、男は信じられないような行動に出た。

「まあ、どちらでもいい」

そう言いながら、男が自らの持っていた剣を、口の方に近づけていく。

「この俺を満足させてくれるのならな」

胸騒ぎ。いやな予感がした。

「……ッ!!!」

俺の感情は、驚愕《きようがく》の一色だった。

いや、まさか、やめてくれ、という単語が口から出そうになる。

男はゆっくりと刃物を口に近づけていく。

やめてくれ、というかそれだけはやってはいけない。

我慢しきれず、俺は、

「…………おいッ!!!!」と叫んだ。

――が、そんな俺の忠告も無視して、男は驚くべき行動に出た。

剣を顔に近づけた男は、そのまま、なんと剣をペロリ、と舐《な》めたのである。

「…………」

そして一言。

「クックック。血の味がたまらんな、次に相手をしてくれるのは貴様か？？？」

「――うっそだろ、おい」

俺の乾いた声が、辺りに響いた。


いや、見たことあるよ。

なんか漫画とかアニメで、ちょっと戦闘狂っぽいキャラが、刃物を舐めるやつ。

「クックック、血がうずくぜ」とか言いながら。

――いや、見たことあるけどさ。

マジでやるやつがいるのかよ、と。今時、こんなコッテコテなやつがいるのか、と。

同時に俺は、このイベント戦が原作で省かれた訳を唐突に理解してしまった。

ダメだろ、これは……。ちょっとシュールな笑いすぎる。

「あなたも感じるでしょう？　あの強さ」

相変わらず、振り向きもしないイーリスが言ってくる。

「…………あぁ、うん。ま、まあそうね」

強さ？　なのかはわからないが、だいぶアレな人間だということはわかってしまった。

いや、聞いたことがあるよ。

ワインの専門家が、テイスティングのために土を食べてみる、とか。

でも、と俺は思う。刃物でそれやっちゃあかんでしょ、と。

だから、とイーリスが続ける。

「逃げて!!　今すぐ!!!　勝てない、絶対そいつには勝てない!!!!」

俺を置き去りにするかのようなイーリスの叫び声。

「そいつの名は、【絶影】のバルド!!!!　かつて、あの【鬼人】エンリケとも渡り合った怪物!!!!」

男はピクリとも反応しない。否定も肯定もせず、こちらを見ている。

が、その反応が何よりも雄弁に語っていた。イーリスの発言は本当である、と。

そして、こちらもそれに負けないくらい衝撃を受けていた。

「き、【奇人】エンリケだと……？？？」

瞬間、俺は辞書の「奇人」の定義を思い返していた。

『奇人』――性格や言行が普通とは異なっている人。変人。

「……………………」

なんというひどい二つ名だろう。

『ラスアカ』でも、もっとカッコいい二つ名はそこら中に転がっている。

たとえば、氷の域外魔法の使い手、カルラ先生は、【氷結】とか【審判者】とか呼ばれている。

なのに……なのに……、【奇人】エンリケ？？？

なんということだろう。

エンリケが実力は微妙なくせして、ギルド内で、強者ムーブを行っている変人だというのはすっかり周りにバレていたらしい。

それにしてもひどい、悪口じゃないか、と俺は思った。

——が、しかし、である。

次の瞬間、俺はさらに恐ろしい事実に気が付いてしまった。

イーリスはなんて言っていた？？？

——あの、エンリケ、とも渡り合った怪物。

背筋が凍る。すべてがつながっていく。

あのエンリケとも渡り合った、という発言。

そして、あの刃物をペロペロと舐める、という衛生観念もクソもない厨二的行為。

すべてのピースが揃《そろ》っていく。

たしかに。俺は真実にたどり着いてしまった。

こいつも、そっちか《厨二病》!!!

「なるほど、エンリケクラス、ということか」

「ええ、そうよ、だから早く――」

そして、俺は理解してしまった。

なぜ、イーリスがこれほど疲弊しているのかを。

要するに、ここに誘拐されたイーリスは危機一髪で拘束を抜け出し、この男と戦おうとしたのだが、実力的にも及ばず、さらに相手のすさまじい厨二病的行動で神経をすり減らしてしまったのだろう。

だろうな、と俺は思った。

正直言って、エンリケで慣れている俺ですら、刃物を敵の前でペロペロするなんてとてもじゃないが鳥肌が立ってしまった。

――もはや、なすべきことは決まっていた。

「だから早くどこかに行って――」

「よく、頑張ったな」

そう言って、イーリスの肩をぽんぽんと軽くたたき、彼女の前に立つ。

「えっ」

呆気《あっけ》にとられたような、彼女の顔。

こんな仮面のわけわからない男が急に出てきて、ねぎらうのだ。

が、そんなことを気にせず、俺は続けた。大丈夫だ、と。

「……誰だか知らないけど……死ぬ気⁇」

「いや、死ぬ気はない」

呆然《ぼうぜん》と立ち尽くすイーリス。

「でも、私をここで助けても何のメリットもないわよ……私は、妾《めかけ》の子で……」

「メリット云々《うんぬん》の話じゃない」

「でも、だって、あの男は……域外魔法、人智《じんち》を超えた魔法の使い手で……」

「あ、そうなの？」

固有の域外魔法を持っているとは、かなりレアである。なんでこんなところで未成年誘拐に従事しているのだろうか。

……が、まあいい。

「それも一切関係ない」

なんで、というか細いイーリスのつぶやきが後ろから聞こえてくる。

理由は色々あった。が、ここで、ごちゃごちゃ言うのは無粋だろう。

「――君が、助けを求めてるように見えたから」

「……ッ!!!」

息を呑《の》むような声。……キザすぎたかな？

先ほどまでいい印象を与えようと考えていたせいか、柄にもなくキザなことを言ってしまった。

　が、まあ、いいや。

　羞恥心に苛《さいな》まれそうになったが、冷静に考えればこれを言ったのは俺ではなく、謎の仮面の男——ジェネシスである。

　そう。これで、このあと、「うわっ、ジェネシスとかいう男が来て、きもーい☆」とか言われたとしても、それは、決して俺ではないのである。

　そう……決して。

　微妙に気まずい雰囲気の中。イーリスが黙り込んだのを確認して、俺は意識をイーリスから男へと移す。

「さて。選手交代だが、構わんだろ？」

　そう言って、剣を構える。

「フン、逃げられるチャンスを逃す、か。くだらない」

　男、バルドは冷たい笑みを浮かべていた。そのまま男も剣を構える。

「己と相手との差もわからぬ蛮勇か、それとも何かの義務感にかられてか」

　瞬間、相手の魔力が沸騰し、男が突っ込んできた。

「教えておくぞ仮面のガキ!!!　戦場では他人のために動いたやつから死んでいく——何のメリットもない戦いに興じて、何になるッ！！！！」

　圧倒的な初速。魔力による身体強化を用いた斬撃。

たしかに、速くて強い。初撃としては、満点だろう。

が、

「——見えてるぞ」

俺だって、このくらいの斬撃は見慣れていた、他の厨二病患者《エンリケ》との修業によって。

キィンッ、と。剣同士がぶつかる甲高い音が響いた。

——次の瞬間、俺と男はつばぜり合いをしていた。

「ほう、この一撃を受け止めるか」と感心したような男の声。

そんな男に向けて、

「戦場では他人のために動いたやつから死んでいく、か」

「それなら安心だ」と俺は笑った。

「なに!?」

残念ながら、俺はクズレス・オブリージュ。

「——徹頭徹尾、自分のためにしか動いていないんだよ」

◇

遡ること少し前、イーリス・ヴェーベルンの今日という日を振り返れば、ひどい一日だった、というほかない。

イーリスは、わざわざ辺境の領地から、この大都市リヨンを訪れた。頻発する魔物対策のためにである。

彼女だって多少は期待した。

貴族の集まる会議で、少しでも対策することができるのでは、と。

が、しかし、会議は機能していなかった。参加していた貴族の主な目的は、パーティーで散々騒ぐことだったようだ。

しかも、頭の悪そうな貴族の子息たちがこっそり行く先をつけてみたら、まさかの怪しげな場所。

そこで会ったウルトスとかいう公爵家の嫡男も、それはそれはひどかった。

後ろには顔を真っ赤にしたメイドを控えさせ、「お前を妾にしてやろう」という発言。

臨界点。

――その言葉は、イーリスにとって地雷だった。

妾の子ども、という出自。それに負けないために今まで必死で努力してきたのに、ウルトスの言葉は、その努力をあざ笑うかのようだった。

「貴族の矜持《きょうじ》」はここまで落ちたのか、と思わず手まで出してしまった。

そして、たまらず街を出たイーリスは、行く途中でお世話になったハーフェン村を通った。

村人に挨拶をし、別れを告げる。

もう夜も遅かったので、村に泊まっていた時に仲良くなった隣村の子・ジークと、もう一度会えなかったことを悲しみつつ。

そうしてイーリスは、領地に帰るつもりだった。

――が、村を出て少したったところで、イーリスが乗っていた馬車は見知らぬ男たちによって襲撃され、気が付けばイーリスは、このアジトにいた。

連れてこられたのは、洞窟の中の施設だった。

イーリスの前には気だるげに座り、眼《め》をつむる男。

(いける)

絶体絶命の状況下だが、イーリスはそう思っていた。

男は油断している。周りに一緒にいた男たちも、「村に変な男が出た」と、慌てたようにどこかに去っていった。

気絶したふりをしたイーリスは、冷静に辺りの状況を観察していた。

(きっと、いけるはず……!)

イーリスは己の強さにそれなりの自信を持っていた。

――魔法には、それぞれ位階がある。

学院に入学して少したった生徒が使えるのが、初歩的な第1位階の魔法。そこまでは、常人並の才能を持ち、常人並の努力をすれば到達できる、とされている。

そして、学院を卒業するまでに、第3位階の魔法を使えるようになれば一般的な魔法詠唱者としてまずまずである。

現在イーリスの使える最大火力は、【炎】の第3位階魔法。

そう。イーリスは類いまれなる才能によって、学院入学前にして、第3位階の炎魔法の行使を可能にするまでに至っていた。

油断なく鍛えた才能の塊。それが、イーリスだった。

(──私の炎は、すべてを貫く)

慎重に辺りを探る。拘束されていたロープは、すでに切ってある。

そして、体内の魔力は注意深く、慎重に練り込んであった。

後は隙を見て、自分の最大火力を叩《たた》き込むだけ。

そう、勝負は──

(今、この瞬間ッ!!!!)

拘束を解き、一気に走りかかる。イーリスは眼を閉じる男に近づいた。

呪文を唱える。体内の魔力を術式へ。

「《爆裂する散花《イクスクルーシブ・ブラッド》》──」

【火】属性の第3位階の魔法。

ただでさえ、火力の高さで知られる【火】の魔法。

そして、イーリスが得意とするこの魔法は、第1位階のファイアーボールより有効距離は短く、相手に近づく必要はあるが、その分、威力は絶大だった。

「……あぁ?」

男がいまさら目を開ける。

遅い。もうすべてが終わっているのだから。

──が、

「………………ッ！」

瞬間、イーリスの背筋を寒気が走った。弾《はじ》かれたように、後ずさる。

「へえ、俺の魔法に気がつくか」

「……なにが」

正直言って、男の様子に何も変化はない。

先ほどと同じように、座ったまま。

が、猛烈に嫌な予感がしたイーリスは瞬間的に、自分の進路を変更していた。

「いやいや、見事だ。見事だよ、お嬢さま」

男がそう言って拍手をする。

「あと2、3秒ほど判断が遅れていたら、今頃、そのきれいな肌に傷がついていただろう」

「どうも」

そう言いながら、必死にイーリスは頭を回転させていた。

男がふわりと立ち上がる。

イーリスは目を凝らした。

男の周りは、別に何の変哲もない。男の周囲は黒い影ができており──

（……影？？？）

　おかしい。

　違和感。

　よくよく影を見ると、男の足元の影がまるで動物のように、うごめいていた。

「っ…………!!!」

「俺の魔法は自動防御式でね、便利なんだが——気が付かぬうちに相手を切り刻んでしまうのが難点だ」

　ウソだ、と言いたかった。

　こんなことがあるわけない。

　自動で動く魔法？？？　第3位階程度の話じゃない。5か6？？？

　とんでもなく高度な魔法。

　そして、動く影。

　こんな魔法の属性、今まで一度も見たことはなかった。

　そこから考えられる結論はたった一つ。

「まさか」

　ほう、と男の口角が上がった。

「このバルドの魔法に気が付いたか。惜しい娘だ、あと数年もたてば、きっといい戦いができただろうに」

　間違いない。

イーリスは絶望と共に、口を開いた。

「——域外……魔法」

それは、この世で最も特異な魔法の呼び名だった。

魔法——それは、生まれ持った魔力を使って、通常ではなし得ない現象を起こす技術のことを言う。

もちろん、魔法の習得には時間もかかるし、それなりの教育施設に通う必要がある。

なので冒険者などは、魔力を持っていたとしてもそれを身体強化に回すだけ、という輩《やから》も多い。

しかし、王国の騎士団やどこかの領主に仕えるのであれば、やはり魔法を使えた方がいい。

というわけで、世の中の親は子供に魔力があるとわかると、その魔力を【鑑定】することになる。

そして、魔法には属性がある。

たとえば、メジャーなところで言えば、火、水、土、風、雷だろうか。

これらは5大属性と言われ、かなりの花形だ。これらの属性を持てば外れがない、とされている。

そのほかには、少し人数は減るが、召喚、生活関連の魔法など。

そして。

これらの魔法は位階ごとに整理されていた。たとえば、ファイヤーボールなら、【火】魔法の【第1位階】に属する。

つまり、使える【属性】と対応する【位階】で、相手が魔法使いなら、だいたいの力量を知ることができるのである。

——が、ごくごくたまに、鑑定してもその属性を把握できなかったり、異様な反応が出たりすることがある。

それこそが、『域外魔法』。

理由は簡単だ。

つまり、その魔法は人類が手にした魔法技術の領域の外にあるということ。

そう。

域外魔法は、文字通り領域外の魔法。

だから、そんな域外魔法の習得は、お世辞にも楽だとは言えない。

たとえば、メジャーな属性だったら、それなりに指導方法が確立されていて、だいたいの人間でもしっかり勉強すれば、第1位階程度には到達することができる。

そもそも、対象の魔法自体の研究が進み、位階ごとに整理されているのだ。かなりのアドバンテージだと言えるだろう。

が、しかし、域外魔法は違う。

そもそも人数が極端に少なく、その人固有の魔法なので、第1位階とか第2位階とかいう区分自体が存在せず、指導方法も何もない。

そう。域外魔法は、己で何とかするしかないのである。

しかも、域外魔法を使いこなすには非常に時間がかかる。

メジャーな属性であれば、他の属性もサブとして使える人間も少なくはないが、域外魔法を本気で極めようとすると、他の属性に手を出している暇など一切ない。

そうして、必死に努力した末に、絶対に報われるとも限らない。

幸か不幸か、域外魔法に適性があったとしても、一生そのことに気がつくこともなく死を迎える人間も多数いるという。

それが域外魔法。

ここまで聞くと、外れの属性かもしれない。

が、それはあくまでも、極めていない人間にとっての話。

一度、域外魔法を極めた人間にとって、域外魔法は、まさしく人外の技術と化す。

つまり、これまでのデメリットがすべて反転するのである。

「指導方法も何もない」というのはすなわち、型にはまらぬことの裏返しであり、「その人固有の魔法」ということはすなわち、戦いにおいて、絶対的なアドバンテージになりえる。

そう。

域外魔法とはすなわち、鍛えれば鍛えるほどに、強さが増幅する特異な魔法なのである。

「そん……な……、域外の魔法……」

呼吸が荒くなる。

やがて。

「さて、本気を出すか」

なんでもなさそうにそう告げた男は、ぺろりと自身の持っていた剣を舐《な》めた。

「……なッ!!!」

「気にしなくていい。俺のルーティーンだ」

男の身体《からだ》から魔力が噴き出す。

このとき、イーリスはやっと気が付いた。

男は全く本気を出していない、、、、、、。

──そして、それは、

イーリスとバルドと名乗る男に横たわる、歴然たる差を示していた。

「っ！　《火球《ファイアー・ボール》》！」

魔力を込め、放つ。

だが、

「なるほどな」

──届かない。

イーリスの放った魔法はすべて男の影によって阻まれていた。

自由自在に動く影によって、火属性の魔法がかき消されている。

(嘘《うそ》でしょ……)

こんなに遠いはずがない、とイーリスは思っていた。

「ハァハァ……」

いくら努力しても、届かないのか。いくら頑張っても、自分の力はこの程度のものなのか。

呼吸が荒くなる。

(ダメ……相手に呑《の》まれては、相手が誰であろうと私は――)

そうだ、戦わなくては。

自分が生き残るために。

「うあああああああああああっ」

やるしかない。

イーリスは再び魔力を集め始めた。片っ端から。もうどうなってもいいから――

「さて、残念なお知らせだが――」

が、そんな絶望するイーリスに追い打ちをかけるかのように、男が言った。

「俺は、あの【鬼人】と戦ったことがある」

「――は?」

「3日戦ったが、どうも決着がつかなくてね。お互い満身創痍《まんしんそうい》だった。それ以降、俺はすべてを絶つ影、と言われるようになった。【絶影】のバルド、と呼ばれる所以《ゆえん》さ」

「そん……な……」

目の前が真っ暗になる。

たしかに、冒険者などが己の強さを誇示するのに有名な人物の名を挙げて、「俺はこいつと同等だ」と言うのはよくあることである。

それにしても、

「あの……【鬼人】と同等の実力……!?」

エンリケ。

その名はイーリスも知っていた。

Sランク冒険者がギルドを辞める、というのは往々にしてある。

でも、それはあくまでも、国から功績を認められて領地をもらったり、騎士団に加入したり、魔法使いとしての腕が認められて学院入りした、とかそういうレベルである。

傍若無人すぎて、ギルドを追放されたなんて、イーリスの知っている限りでもほとんどない。

つまり、それだけイカれている。

元Sランクの怪物。イーリスはエンリケを、そう結論付けていた。

そして、この男バルドはそれと同等。

勝てるのか。

イーリスの心の中に、どす黒いものが広がっていく。

（私なんかじゃ――）

強さ、という唯一の誇りすらも消えそうになる。

が、その絶望がイーリスを包み込む前に、ある音が聞こえた。

最初に気が付いたのは、バルドだった。

「ん？」

不審そうに顔を歪《ゆが》める男。遅れて、イーリスも気がつく。

カツン、という足音。

その音が、徐々にこちらに近づいてくる。

「誰だ？　この部屋には近づくなと言ってあるはずだが――」

また、カツンという音。

やがて、イーリスは後ろに人の存在を感じた。

「そこにいるのは誰⁉」

その瞬間、後ろにいる人物が、敵か味方かもわからないのに、思わずイーリスは叫んでいた。

正直言って、イーリスはボロボロだった。勝てるはずもない。

けれど、自分以外は助かる可能性がある。だからこそ、彼女は叫んだ。

「やつの標的は私‼」

いいから逃げてくれ、と。それは、イーリスができる精いっぱいの強がりだった。

危険性を告げる。

あの男は、悪名高き――【鬼人】それと同レベルなのだ、と。だから、どうか助かって、と。

「なるほど」

後ろから聞こえた声は意外なほど若かった。

「エンリケクラス、ということか」

「ええ、そうよ、だから早く――」

――が、声の主は予想外な行動に出た。

「よく、頑張ったな」

そう言って、イーリスの肩をぽんぽんと軽くたたき、彼女の前に立つ。

「えっ」

イーリスは、虚を突かれた。

男は奇妙な灰色の仮面に、漆黒の衣装を身にまとっていた。

仮面の男の訳のわからなさもそうだが、なぜこの男は、自分の前に立つのか。

まるで、自分が代わりに戦う、とでも言うかのように。

「……誰だか知らないけど……死ぬ気⁉」

イーリスは震えながら尋ねた。

「いや、死ぬ気はない」

男が断じる。

「でも、私をここで助けても何のメリットもないわよ……私は、妾《めかけ》の子で……」

そうだ、妾の子だ。

自分を助けても——がしかし、それすらも男は否定する。

「メリット云々《うんぬん》の話じゃない」

「でも、だって、あの男は……域外魔法、人智《じんち》を超えた魔法の使い手で……」

「あ、そうなの？」

男の口調は軽い。傍《はた》から見たら、イーリスが、この男は馬鹿なのではないか、と疑ってしまったと思ったことだろう。

「まあでも、それも一切関係ない」

が、しかし。イーリスは気が付いてしまった。この人は違うんだ、と。

敵の脅威に気が付いていないわけではない。

（逆……なんだ……）

男の堂々たる姿勢。仮面の男は、敵があの鬼人と同等だと、敵の強さを認識してもなお、自然体を保っているのだ。

「でも、なんで……」

もはや消え入りそうな声でイーリスは言う。

だって、そうだ。なぜ助けてくれるのか。

自分を助けたところで、何も得られることなどない。リヨンでもそうだった。

助けてほしい。そう願っても聞き入れてくれなかった。

ランドール公爵は、まだ好意的に聞いてくれたが、援助を頼んでも大多数の貴族は「差し出せるものはなんだ？」といやらしく顔を歪めるだけだった。

そう。自分には差し出せるものなど何もない。

自分なんかを助けても――

男が口を開いた。

「――君が、助けを求めてるように見えたから」

「……ッ!!!」

その仮面から漏れたのは、呆れるほどに甘い理由。

助けを求めている人がいるから、助ける。

どこまでもシンプルで、どこまでも甘っちょろい理想。誰もが成長するに連れ、捨ててしまうようなそんな理由。

「……そんなの……」

あるわけがない。そう言おうとしたイーリスは、ふと、とうの昔に忘れていた祖父の言葉を思い出していた。

『――イーリス。君は誰よりも才に恵まれている』

「……あぁ」

『――だからこそ、その強さは他人のために使いなさい』

「……あぁ!!」

祖父はいつも言っていた。

ノブレス・オブリージュ。

それは力を持つ者の義務。力を持つものは他者のために戦う。

他の誰でもない、他人のため。

──その強さは、他人のために。

仮面の男は悠々とバルドの方へと歩いていく。

「なん……で？」

もはやイーリスの眼差しは、仮面の男の後ろ姿だけに注がれていた。

──『強き者の義務《ノブレス・オブリージュ》』を体現する、理想の背中に。

そして。

「さて。選手交代だが、構わんだろ？」

「フン、逃げられるチャンスを逃す、か。くだらない」

バルドと仮面の男が向き合う。その様をイーリスは心配そうに見つめていた。

理由は簡単だ。こちらが押しつぶされるようなどす黒い魔力を噴き出すバルド。

が、仮面の男からは何も感じない。

そう。魔力も何もほとんど感じない。

「教えておくぞ仮面のガキ!!!　戦場では他人のために動いたやつから死んでいく──何のメリットもない戦いに興じて、何になるッ！！！！！」

バルドが突っ込む。イーリスはその一撃を必死に眼で追った。

が、

「えっ」

イーリスの眼に映ったのは、平然とその一撃を受け止める男の姿だった。

激しい剣戟《けんげき》の音が、辺りに響く。

イーリスは目の前の戦闘に信じられない思いをしていた。

魔力の量は人それぞれ、生まれつきだ。そして、魔力の量が多ければ多いほど、身体《からだ》から漏れ出す魔力の量も多い。

だから傍から見ても、重苦しい魔力を振りまくバルドの方が、魔力量も多く有利に見える。

（なのに……）

仮面の男を目で追う。切り結び、身体を入れ替え、まるで舞踏するように剣を振るう2人の男。

が、嘘でしょ、とイーリスは思った。

徐々に、

「押し……てる⁉⁉」

押しているのは、魔力がほとんど感じられない、仮面の男の方だった。

切る、斬る、きる。

己の影をも防御として扱えるのだから、単純に言って、バルドの方がはるかに有利なはず。

だが、しかし。

「シッ……！」

仮面の男が剣を振るい、その剣が、影で防がれた。

「ッ……!! 貴様ァ!!」

が、影でかろうじて防げているが、バルドはその速度に追いつけていない。

自分でも押されているのがわかっているのだろう。バルドの顔が歪む。

バルドが押されている。なぜ、と冷静になった頭で、イーリスは考えた。

どう考えてもバルドが有利な……はず。

(待って、まさか)

ふとイーリスの頭の中に、ある仮説が思い浮かんだ。

あり得ない。だけど、そうじゃないと説明できない。

「——そんな魔力の運用方法、あり得るの……？？？」

◇

いけるな、と俺は内心、そう感じていた。

目の前にはかつて、エンリケと同等の痛さを誇ると謳《うた》われたらしい男・バルド。

無表情の男は一見細身だが、かなり鍛えてありそうだった。

俺の実力は模擬戦の結果からしても、エンリケと同じかちょっと上くらい。

そして、この男もエンリケクラスだという。
つまりこの場合、
『俺＝エンリケ＝バルド』という簡単な図式が成り立つ。
初めて戦う、同格の相手。
――が、厨二病の相手を引き受けた俺は、割と冷静に戦えていた。
「そらそらそらそら!!!!!!!!!」
相手が打ち込んでくる連撃。それを、すぐさま弾《はじ》き返す。
次の瞬間、相手がこちらを薙《な》いできた。
それをギリギリまで引き付け、ずらし、かわす。
そして、
「シッ……!!!」
相手の隙を作りだした俺は、見事カウンターで斬り上げた――ように見えたが、
「くっ、《影よ》!!!」
相手の足元から、まるで、イキのいいワカメのような影が現れ俺の剣が防がれる。
仕切り直し。お互いに、いったん距離をとる。
「堅いな……」と思わず声がこぼれた。
が、そう言いつつ、結構強いなと俺は感心していた。
どうにか追い詰めても、影によって攻撃が防がれてしまう。

縦横無尽。術者を守るために動く影。そして俺は、その正体に心当たりがあった。

「——自動防御か」

「ほぅ」と相手の男・バルドが眉をひそめる。

「小僧。どうして中々、知識があるな。名は？」

「ジェネシスだ」

『ラスアカ』は18禁ゲームのくせにして、結構骨太プレイができることで有名だった。

たとえば、各種のスキルでメインヒロインを育成したり、魔法のカスタマイズも自由自在。

自動防御は、その中でも戦闘用のスキルで、魔力を一定数消費して攻撃をガードするものである。

なるほどなあ、と感心する。さすがは原作から省かれたとはいえ、英雄レインに倒されるだけはある。

いいスキル持ってるじゃないの。

と、俺が相手に感心していると、相手の方も俺に対して思うところがあったらしい。

「さて、ジェネシス。俺からも貴様に質問だ」

バルド、と名乗った男が苦々しく言う。

「——貴様、その戦闘方法……どこで身につけた？」

「戦闘法？」

あぁ、と俺は思った。ついに気が付かれたか、と。

「どういうことだ？　強さは俺と同格。いや今の状態では、俺が押されていると言ってもいい。なのに、貴様からはほとんど魔力を感じない……まるで静謐《せいひつ》な……透明な魔力。はっきり言って不気味だ――貴様、それは一体どういう技術だ⁇」

「ほぅ」

警戒したように、こちらを睨《にら》みつけるバルドに対して、俺は仮面の下で、ゆっくりと笑みを浮かべた。

気が付いたか？

そう。俺の秘密。俺だけの【身体強化】。

俺がこの狂った世界で生き残るために磨いた――

モブ式戦闘法を。

◇

俺が自分の身体強化の特殊性に気が付き始めたのは、エンリケに腹を蹴られてから2週間ほどたったころだろうか。

訓練中、ふとエンリケが俺の身体強化を見て、妙なことを言い始めた。

「なぁ、坊ちゃん」とエンリケ。

「坊ちゃんって、身体強化を使っているんだよなァ？　俺と打ち合えてるんだしよ」

「そりゃ使ってるけど」と俺も応じる。

が、その返答を聞いて、エンリケが妙な顔をし出したのである。

「おかしいぜ。坊ちゃんのはなんつうか、俺が知っている身体強化と違うんだよなあ。ちと、静かすぎる」

「いやでも、簡単だぞ。普通の身体強化と違って、一カ所に回してあるんだ」

そう聞かれたので、俺はエンリケに自分のやり方を教えた。いつも通りの方法を。

「おいおい、坊ちゃん……マジかよ？？？」

途端、エンリケの顔が歪《ゆが》んだ。

「変か？　こっちの方が使いやすいと思うんだが」

効率がいいし、無駄な魔力は出ないし。

「いや、たしかに効率はいいが……変っていうか……」

俺の返事を聞いてエンリケが言いよどむ。

「普通の人間にはできないってのが本心だな」

「どういうこと？」

目立ちたくないし、いい方法だと思うんだけど……。

「そりゃ、坊ちゃんだけの視点だな。たとえば、俺みたいな冒険者はそんなの気にしない」

呆《あき》れたように首を振るエンリケ。

「というか、そもそも、そんなことを改善しようと思わん。身体強化のさじ加減なんてのは結局、個人のくせみたいなもんだ。俺たちみたいな連中は、とりあえず魔力を身体強化に回すだけで精一杯でな」

「ほうほう」

　要するに、身体強化を今さら強化するのは、コスパが悪くて意味がない、と。

「かといって」

　エンリケが腕を組む。

「魔法を専門に使う魔法使いだったら、魔力の効率を気にするかもしれないが、そもそもやつらは、身体強化自体にはさほど興味ないからな」

「なるほど」

　俺は頭の中で整理していた。

　どうやら『魔力による身体強化』というのは、かなり微妙なラインにあるらしい。

　身体強化をメインで使う肉体派の冒険者は魔力の効率なんて、そもそも考えない。そもそも細かい調整は最初からできないし、魔力が漏れても問題ない、というわけである。

　一方頭脳派の魔法使いは魔力の効率を考えるけど、身体強化自体にはさして興味がない。

「それを両立させ得るとしたら――」

　エンリケが、俺の眼を見据えた。

「魔力による身体強化を始めたばかりで、変なくせがついてなくて、しかも、その段階から繊細に魔力を扱うことができるような天才だけってことだ」

　なるほど。

「それが、俺か……」

たしかに、いい感じに該当している。身体強化を始めたころから一カ所に魔力を集中させている。しかも、魔力の操作はなぜか才能がある、と。

「ああ、どうする？　その身体強化、たしかに極めれば有用だ。ほとんど魔力の消費を少なく戦える。しかも、漏れ出る魔力が少ないせいで、大多数の人間はアンタが魔力を使って身体強化をしていることにも気づかないかもしれない」

「なるほど、な」

しばし、考え込む。

そんな俺を見て、何を感じたのか、慌ててエンリケが言い訳を始めた。

「いや、いいんだ坊ちゃん。極めればってのは、キツかったな。たしかに坊ちゃんの身体強化は難しい。いざ実戦となったら魔力の効率なんて気にしている余裕はないかもしれないし、だったら、もっと楽に強くなれる方法はいくらでも……」

「――エンリケ」

エンリケを遮る。俺は即断していた。

「これで行こう」

「何ッ!?!?　で、でも強くなるにはもっと簡単な方法が」

驚愕《きょうがく》するエンリケを横目に俺はこう思っていた。

――いや、この方法、めっちゃ便利じゃん、と。

たしかに、エンリケの言う通り、魔力の効率なんてみみっちいことは気にせず、他に魔法を覚えたり、単純に火力を求めたりした方が世間一般的で楽な方法なのだろう。

だが、そんな王道な手法はモブには似つかわしくない。

『ラスアカ』は可愛《かわい》い女の子や、熱い展開に定評があるが、割とその辺に死亡フラグと狂人が跋扈《ばっこ》している恐ろしい世界である。

そんな世界で自分から強くなって目立つ？？？

アホか、と俺は言いたかった。そんなことをやってたら、命がいくつあっても足りない。

「構わないぞ、エンリケ」

「なッ⁉︎⁉︎」

眼《め》を見開くエンリケ。

「困難な道だぜ？　戦闘中に同時にまったく別のことをするようなもんだ」

「無用――必要な犠牲だ」

そう。目立たずに自分が助かることに比べたら、魔力を繊細に扱うなんてイージーすぎる。

「ったく……言い出したら聞かねえんだからよ」

というわけで俺は、他人に一切の魔力を感じさせない。

極めてエコで、極めて目立たない、そんなモブとなることを決意したのであった――

こうして俺は、なるべく目立たず、なるべく魔力自体を覆い隠すための訓練を行っていた。

来る日も来る日も。

そう。そして、

◇

これこそが――

「――俺のモブ式戦闘法だ」

「モブ式……⁇　聞いたことがないな」

バルドの顔が傍《はた》から見ても、思いっきり歪んだ。

「だが、親近感を覚えないこともない。実は俺も独力で【影】の魔法をここまで鍛えてきた。貴様、どうやって、その戦闘法を編み出した？」

「どうやってって、その……」

悲報。なんか知らないけど、俺は絶影のバルドさんに、めちゃくちゃ食いつかれていた。

俺が目立たないモブ式戦闘法を編み出した理由。

つまり、そもそも、なぜモブを目指すのか？　ということだろう。

――モブを目指す、理由。

「そうだな。あらゆる媒体から情報を得た」と俺は口にした。

……うん。多分間違ってはいないはずだ。

基本的に、どんなアニメでもどんな映画でも、イキリちらした悪役は死んでいくのである。

ゲームに似たような世界に転生したから最強になる？？？　そんなのはとうに無理だと諦め

ている。

だからこそ、モブへ。

主人公の隣のクラスとかにいる当たり障りないモブへ。あらゆるアニメ、ラノベから俺はそう学んでいた。

「なるほど。『あらゆる媒体か』。数々の古書を紐解《ひもと》き、その情報を再構成し、それを実践にまで鍛え上げたということか」

「うんまあ…………そうね」

「ほう、面白い」

その時。

「――せっかくだ。褒めてやるよジェネシス」

バルドが身にまとっていたコートをバサッと脱ぎ捨てた。

「イカれてやがるよ、貴様。原理はわかった。魔力による身体強化の効率を極限にまで高め、戦闘持続時間自体を飛躍的に延ばしているのか。戦闘中に魔力効率を気にするなんざ、戦闘中によそ見をするようなもの。普通の神経を持つ人間だったら、そんな方法をとるわけがない。もっと別の方法をとるだろう。貴様、どれだけ戦いが好きなんだ」

「…………」

なんか俺が生み出したモブ式戦闘法が非常に風評被害を受けている気がした。

いや、戦う時間を長くしたいから、とかではなく、目立たないことを主眼に置いているだけなんだが……。

——が、まあいい、とつぶやいた男は、何やらもにょもにょ呪文を唱え始めた。

「気をつけてっ!!!! 何かをしようとしている!!!」というイーリスの声。

「もう遅いぞ小娘——《闇より深き影よ。今まさに、その本性を顕現せよ。すべてを破壊し、打ち壊せ》」

瞬間。

バルドのまとう雰囲気が変わった。

「はっはっはっ、ジェネシスよ。貴様、俺が何をやっているかわからないな」

「…………………」

当たり前だろ、と俺は思った。

こいつは「私のどこが変わったかわかる？？？」って、唐突に聞いてくる幼馴染《おさななじみ》系のラノベヒロインか何かのつもりなのだろうか。

無言。やがて男が語り出した。

「クックック。認めよう、貴様はたしかに強い。貴様のその戦闘法は見事だ。が、最後に勝つのは、この【絶影】だ。なぜかわかるか？」

不気味に笑う男。

「いや」

首を振る。全然ピンとこない。

「冥土の土産《みやげ》に教えてやるとするか。貴様に足りないのは決定力だ。たしかに、このまま剣を交えれば剣術ではお前が勝つ。だが、俺は戦士だ。残念ながら剣士ではない。お前の土俵ではない魔法を使わせてもらうぞ」

「ん？」

すると、すぐに俺は異変に気が付いた。

男の足元の影の量がどっと増えている。

「へえ」

——先ほどよりも数が多く、より先鋭になった影が男の足元を埋め尽くしていた。

「いま、自動防御を解除した。この状態になると、俺は影を自由自在に操ることができる。まあ、その分、魔力と集中力を要するから長時間は持続できないが」

そう言った男が手を振る。

スパン、と。風切り音がして、男のすぐ横に置いてあった大きめの石が真っ二つになっていた。

「この通り、攻撃力・素早さ・精密性、共に先ほどまでの俺と同じだと思わない方がいい。そして、この姿を見て生き残ったのはただ1人。あの男だけ！！！！！」

その瞬間、絶叫を上げた絶影のバルドが突っ込んできた。

「ジェネシスよ!!!　貴様も終わりだ!!!!　あと一手届かなかったなぁ！！！！！」

同時に、辺り一帯に魔力が放出される。なんという燃費の悪さ。

「くっ！」

俺はもっと効率をよくした方が絶対、環境とかにもいいはずだろ、と内心思いつつ、バルドを迎え撃った。

「ほらほら！　動きが鈍いぞ！　貴様はあと一歩、足りなかったなぁ！」

そう言って、バルドが肉薄してくる。俺はたしかに追い込まれつつあった。

バルドの剣は更に冴《さ》えており、それに加え、より柔軟に動き始めた影はまるで蛇のように食らいついてくる。

「どうだ!!　我が龍《りゅう》の顎《あぎと》は!?」

訂正。どうやら蛇ではなく龍らしい。

が、

「――まずいな」

俺はバルドを迎撃しつつ、舌打ちをしたい気分になっていた。

たしかに、バルドの指摘は結構当たっていた。

このモブ式戦闘法。エコで魔力はほとんどバレないしでいいことずくめなのだが、やっていること自体は非常にシンプルなのである。

魔力の身体強化はあくまでも、身体能力を活性化させるのみ。

だからこそ、この戦法はバルドの影魔法のような圧倒的な強みを持つ相手には不向きだ。

そう。ただし、それはこのままであれば、の話。

「使うか」

防戦一方になりながらも、隙を見て息を整え、魔力を練る。

身体《からだ》に流す用の魔力ではなく、別の魔力。

――域外魔法に使うための、魔力を。

◇

「なんなのこの戦いは……！」

イーリスは目の前で繰り広げられる圧倒的な戦いを見て、つぶやいた。

まさしくそれは、伝説と言っても過言ではないだろう。

魔力による身体強化をあれほど効率よく扱えるジェネシスに、影を己の手足のように操る【絶影】のバルド。

おそらく、きちんとした場所のきちんとした戦いであれば、歴史に名を残すほどのやり取り。

多少は戦闘面において自信のあったイーリスですら、追いつけないほどの戦い。

（まずい……！）

――が、状況は徐々に変わりつつあった。

【絶影】のバルドの本気によって。

己の影を攻撃にも参加させ始めたバルドの本気は凄《すさ》まじく、あの凄まじい練度を誇る仮面の男ですら追い込まれている。

「ジェネシス……!!!」

イーリスは声を上げた。バルドの追撃をかわそうとしたジェネシスが空中へと身を踊らせた。

――だが、

(それは悪手……!)

思った通り、バルドが顔を歪《ゆが》めた。

「空中では逃げられない！　残念だったな!!!　ジェネシス!!」

バルドがまるで指揮者のように腕を振るうと、切っ先が剣のように尖《とが》った影たちが空中で身動きをとれない仮面の男へと殺到した。

当たれば、ただでは済まないだろう。

終わりだ。惨状を予測したイーリスは思わず目をつぶった。

――が。

影は当たらなかった。

「えっ」

イーリスの目の前では不可解な現象が起きていた。

「よっ」

何でもないように、ジェネシスが無傷で着地する。

「嘘《うそ》……でしょ……」

イーリスは信じられなかった。

ジェネシスは、空中で方向転換をして避《よ》けていた。あり得ない。身体強化だけでは説明できない現象だ。

なぜ、そんなことができるのか。

無言。辺りは水を打ったかのように静まっていた。

誰も何も言えない。イーリスも、バルドですらも。

「さて。どうやら」

そして、この場で平静を保っているのは、ただ1人。

「――あと一手は、足りたようだな」

ジェネシスが構える。次の瞬間、仮面の男の攻勢が始まった。

◇

バルドが出してきた必殺技を何でもないようにかわすと、辺りは静まっていた。

衝撃を受けたようなバルドの顔。

「――あと一手は、足りたようだな」

そんな謎の人物らしくキザっぽいことを言う俺だったが、内心、思うことはただ1つだけだった。

ちゃんと用意しておいてよかった、【空間】の魔法。

◇

――時は過去にさかのぼる。

「はぁ……マジでどうしよっかな。魔法……」

エンリケと『モブ式戦闘法』の訓練を始めたのと同時期、俺はカルラ先生からも、課題を言い渡されていた。

「何か、君の属性である【空間】っぽい魔法を考えてきて」

と一見、冷たさを感じさせる美女が言った。

「域外魔法の場合は、位階が上手《うま》く整理されていないから、個人のイメージに強く依存する。だから、考えてきて。君が思う、君が使いたい、とびっきりの魔法を」

なるほど。俺の属性は、【空間】。

要するに全然、セオリーもクソもない謎属性である。

だからカルラ先生は、何でもいいから好きに魔法を考えてきて、と言ったのだろう。

しかし、

「魔法ねえ……」

そう言われた俺は、屋敷で悩みに悩んでいた。

もちろん、俺は原作をプレイしたこともあるので、原作知識をバリバリ利用できる。やろうと思えば、ラスボスの専用の空間魔法をパクッて「自分で考えました！」と提出すれば、強い魔法を幼少期から使えるかもしれない。

が、俺はめちゃくちゃ迷っていた。

そもそも、本当に強い魔法を習得すべきなのか？　と。

――魔法は強ければ強い方がいい。

これは世間の常識となっている。第1位階よりは第2位階の方がいいし、第2位階よりは第3位階……と、誰だってそう考えている。

でも、あまり俺は「原作知識をフル活用してやるぜ！」という気分にはなれなかった。

なぜなら、

「『ラスアカ』の後半の火力、マジでいかれてるんだよぉ……」

これである。

『ラスアカ』は後半になればなるほどインフレしていく。

たとえば、序盤では第1位階の魔法や第2位階の魔法でキャッキャ言っているが、最終的には、第10位階まで習得できる。

第1位階の魔法としては、《火球《ファイアー・ボール》》などが有名だろうか。

炎の球が飛んでいく、というファンタジーで、おなじみの魔法。

が、話はここから急に怪しくなっていく。

第10位階クラスになると、インフレに伴い、魔法も尋常ではなく高火力になっていくのである。たとえば、俺がぱっと思い出せる第10位階の魔法は、こんな感じのラインナップだ。

・《最終殲滅戦争《アルマゲドン》》
・《天穿つ暁の凶星《メテオ・レイン》》
・《楽園失墜《フォール・オブ・エデン》》
・《永久狂気千年帝国《エターナル・デザイア》》
・《未だ見果てぬ夢《ブラインド・アイ》》
などなど。


………ハイ。

この字面から、おわかりいただけただろうか。たしかに、ゲーム内では俺は純粋に遊べていた。火力の高い魔法を覚えては、狂喜乱舞したものだ。

が、しかし、あえて言おう。

強い魔法を習得できたとして、これ、唱えられますか？　と。

ちなみに、この中では一番かわいい規模なのは、《天穿つ暁の凶星《メテオ・レイン》》だ。

空一面に流星が飛び交い、周りの敵もろとも、すべてを一瞬で灰燼《かいじん》に帰す、という素晴らしく爽快な魔法である。高火力すぎて泣けてくる。

「いや、無理だろこれ……」

もっと言えば、【空間】の魔法だって負けちゃいない。たとえば、空間魔法の中でも、ラスボスが初手から放ってくる魔法がこれだ。

《超次元追放《ディメンション・スレイヴ》》

そして。その魔法のテキストはこんな感じだった。

『指定した相手に極大のダメージ。次元の彼方《かなた》、亜空間に千年間追放する』

……………………⁉⁉⁉

俺は言いたかった。いらないよ、こんなの、と。

原作知識がクソの役にも立たない。なんでこのゲームは脳筋が跋扈《ばっこ》し、イカレ火力の魔法使いたちがうごめくのだろうか。

ひどすぎる。18禁ゲームのくせに意味がわからない。

「あぁ〜なんか隣の人ムカつくな。そうだ！　亜空間に千年間追放しようかな」などというやつがこの世にいるのか？？？

せっかくモブ式で目立たないようにしているのに、魔法で目立っては意味がない。

俺は必死に考えた。

「戦闘用だけじゃなくて……なんかこう……将来の日常生活にも役に立ちそうな魔法……」

そう。ラスボスの魔法は攻撃的すぎるから却下。

かといって、原作クズトスのように、スケベ魔法を開発、というのは羨ましいっちゃ羨ましいが、メインヒロインの一角から出された課題に、スケベ魔法を持っていくのはリスキーな気がする……。

使いやすそうなのは、主人公の空間魔法だろうか。

主人公ジーク君が最終的に使えるようになる空間魔法は、仲間を守る大きなバリアを展開する、とかそういう感じである。

が、それにしたって、めちゃくちゃ時間がかかりそうだ。

もっとこう、実用性がある魔法が欲しい……。すぐ使えて、シンプルで地味で、なおかつ将来的に戦いとは関係のない場所で役に立つような。

俺は何日間も悩み、そして、やっと答えを手にした。

それが——


数日後、俺は意気揚々と、カルラ先生にこう告げた。

「局所的に空間に壁を作ってみようかと思っています」

「壁？」

不思議そうな顔をするカルラ先生。

つまり、こういうことである。主人公の空間魔法で、仲間を守る大きなバリアというものがあるのだが、これは結構難易度が高いし、経験値も要求されたような覚えがある。

そこで、俺はこう思った。

——もっと小さくてよくない⁇　と。

要するに、大きくバリアを展開するのが難しいとしよう。

なら、局所的に、ピンポイントでバリアを展開すればいい。

「で、でもいいの……そ、そういう魔法で？　なんかこう……地味っていうか」

そう問われた俺は笑顔で答えた。もちろんです！　と。

「実用的かなって思います」

「そ、そうなんだ…………」

そして、始めてみると意外にすぐできた。

もちろん、半透明の壁らしきものを作れたとしても一辺30㎝くらいの大きさしかない。足場にできる程度の硬さはあるが、持続するのは3秒ほど。

3秒たてば、ふわっと消えてしまう。

なぜか、心配そうに俺を見つめるカルラ先生の前で、だがこれでいい、と俺は思っていた。

たとえば、何か物に手が届かなかったとき。

空中に足場のようなものを作り出して、俺は物を取れる、というわけである。

うん、便利だ。俺がやりたいのはモブっぽい日常。

いかれた戦闘は俺じゃなく、主人公が担当してくれるはずである。

そして、何を隠そう。このお手軽な【空間】魔法は、意外とモブ式戦闘法との相性が抜群に良かったのである。

◇

意識を現在に戻す。

俺がやったことは簡単だ。

空中に一枚【空間】の壁を展開し、そこを足場に方向転換。やっていること自体簡単なので、詠唱もシンプルで済む。

で、

「——あと一手は、足りたようだな」

俺がそう言うと、呆気《あっけ》にとられたようなバルドが、顔色を変えた。

「ふざっ、ふざけるなァ!!!!!!」

先ほどと同じく、こちらに突進してくるバルド。

俺も再びバルドの方に接近し、剣を交える。

「何の手品を使ったか知らんが！　俺の影魔法が……！」

バルドの指揮と共に、蛇のように俺に食らいつき、防御までする影。

たしかに、良い魔法だ——が、

「そろそろ時間がない。終わらせよう——《展開》」

「は？」

またしても空中に飛び上がった俺は、お手軽・空間魔法によって、空中に生成した足場を踏みしめていた。

そのまま一気に、空中で加速・方向転換をする。

常人ではありえない軌道、動き。

そして。次の瞬間、俺は一瞬でバルドの後ろに肉薄していた。そのまま、剣で斬り上げる。

「くっ!!　《──影よ》」

俺の剣は影に防御された。その流れで、影がカウンターを狙ってくる。

が、その時には、こっちはすでに別方向に飛び上がって、空中に生成した別の足場を踏みしめていた。

「んなッ!!!」

だから。バルドが後ろを振り向いた時には、もうすでに俺は別方向から接近している。

追いつけていないバルドに対し、再び斬撃をお見舞いする。

俺がやっていることはシンプルだ。

空中で足場を生成し、身体強化した脚でそれを踏んで加速。

それから相手の防御の薄いところから攻める。

なるほど。術者の指示で、変幻自在に防御・攻撃をしてくれる魔法。

たしかに、便利だ。そして強い。

だが、俺は思った。追いつかれなきゃそれまでだ、と。

──要は影魔法が、防御・攻撃をしてくれるのなら、それを上回る速さで斬りまくればいいのである。

後は、同じことを繰り返すだけ。

いくら影が防御してくれるといっても、人が操っているので限度がある。

加速して斬る。

加速して斬る。

加速。斬る。加速。斬る。加速。斬る。加速。斬る。加速。斬る。加速。斬る。加速。斬る。

加速。斬る。斬る斬る斬る斬る斬る斬る斬る斬る斬る斬る斬る。

◇

「な……な……」

イーリスはわが眼《め》を疑った。

質で勝るのは影魔法だろう。あれほど優秀な魔法はイーリスも見たことがなかった。

が、ジェネシスはそれを、圧倒的な量の斬撃で覆そうとしていた。

空中を縦横無尽に飛び回る仮面の男。

しかも、

「う、美しい……」とイーリスは思わず感嘆の声を上げていた。

そこは、完全に彼の領域。彼だけの漆黒のテリトリー。

もはや、バルドの防御も追いついていない。

薄皮をはがすようにして、影魔法の防御がはがれていく。

そして、一瞬の綻び。バルドの影魔法が完全に追いつけなくなった時。

「――終わりだ」

まるで、闇を切り払う閃光《せんこう》のように。

仮面の男の一撃が、【絶望の影】を切り裂いた。

◇

終局。

崩れ落ちるバルドに、ほっと安心するイーリス。

そして、俺も仮面の下で安堵《あんど》していた。やっと終わった、と。

「大丈夫か？」とイーリスに尋ねる。

「え、ええ……」

彼女も問題がないようだ。将来のメインヒロインを助けることができ、俺は一安心していた。

「そうか、なら」

きっともうすぐ騎士団も到着するはずだろう。

後は騎士団に、この【絶影】のバルドを引き渡し、イーリスの安全を確保。

そうしたら俺はエンリケと合流し、街に戻る――

やっとこのクソ長い夜も明けるときが、来たのである。

すると、その時。

「貴様……」と俺の下の方から声がした。

「……【絶影】か」

俺の一撃を食らったバルドは立ち上がれないようだったが、眼だけは爛々《らんらん》とこちらを見ていた。

「お前に面白いことを教えてやるよ」とつぶやくバルド。

「なに？」

「クックック、たしかに認めよう。仮面を被《かぶ》り、人知れず他人を救う。美しく気高い行為だ……だが」

そう言って、男は顔を歪《ゆが》めた。

「――貴様のその行為に果たして意味があるのか⁉」

「なにが……」

「そちらのお嬢ちゃんは何か思い当たることがあるようだな」

俺が振り返ると、イーリスは無言で顔を青くしていた。

「そう!!　お前は知っているはずだ、貴族の腐敗をなあ!!!　俺は雇われの身で、この計画にさほど詳しいわけじゃないが、それでも色々耳にしたよ。たとえば、贅沢《ぜいたく》に溺れた貴族のガキとかなあ!!!」

こうして、バルドが語り出した。

バルドが語った内容は、こうだ。

「メイドに『あ〜ん』してもらわなきゃと言っていた貴族のバカなガキがいる」

俺じゃん、と俺は思った。

「接待を受けたただけで、自分たちが特別だと勘違いしているバカなガキ」

俺では？　と俺は思った。

「しかもそんなやつに限ってなあ!!　公爵家の息子なんだよ。信じられるか??」

完全に俺だわ、と俺は思った。

そこまで言ったバルドが、つまり、とあざ笑う。

「お前が陰から世を救おうとしても無駄なんだよ!!!　ジェネシス！」

「……たしかに、そうです」と後ろからも声がした。

イーリスである。

「その男の言うことはすべて事実……悔しいですが」

そうして悔しそうに顔を歪めるイーリス。

「…………………」

おかしい、と俺は思った。

いやわかる。まだ、バルドにチクチク言われるならわかる。

が、なぜ助けたというのに、俺は後ろからもチクチク言われなきゃいけないのだろうか。

そして、2人とも悪口を言っている自覚がないのが怖い。

ウルトス＝バカな貴族のガキ＝俺＝仮面の男、という図式は俺しか知らないのである。

「クックック、この世界に救う価値はない!!」

「たしかにそうかなのかも……」

相変わらず、勝手なことを言いまくる2人。

それでもって、やり玉に挙げられるのは俺の表の顔。

もうたくさんだ。

「――で」

反射的に、俺から魔力が漏れ出た。あまりにも度を越した誹謗《ひぼう》中傷に、俺は反射的に口を開いていた。

「それがどうした？」

「なッ!!! だから……貴様のやっている行為は――」

「もう一度聞く」

無意識のうちに、効率よく抑えていた魔力が漏れ出る。

が、俺にも言いたいことは山ほどあった。

死亡フラグにまみれているんだぞ、こっちは。勝手なことばかり言うんじゃない、と。

顔を上げる。

「──だからどうした？」

要するに、逆ギレである。

「俺はなすべきことをなすだけだ」

俺は淡々と答えた。

「俺は、誰が何を言おうと、絶対に自分の信念を曲げない」

そう。

「──それこそが、俺の義務だ」

そうだ。俺はなんと言われようと生き残る。

俺は、クズの運命を変えるんだ。

「くっ、なら」

と、俺の言葉を聞き、悔しそうに顔を歪めたバルドが口を開いた。

「……なら、俺を殺せ!!　敗北した者を殺すのが戦の理《ことわり》だ!!」

「………………えぇ」

なんでこいつ、そうなるんだろう。

俺はドン引きしていた。モブらしさを追い求めている俺にとっては、殺人なんてNG中のN

Gである。

いや、相手が死ぬほど強かったらうっかり、みたいなのはあるかもしれないけど、基本的に殺してやろうとなんて思っちゃいない。

というわけで、目の前で、

「殺せぇ！」と叫ぶメンヘラを微妙な表情で眺める。

「…………………」

俺は無言でバルドの眼を見続けた。

殺さないから、と。頼むから騎士団に捕まってくれ、と。

こうなったら、我慢比べである。

あ、ヤバい。動きすぎたせいで、仮面がズレてた。

◇

バルドはジェネシスを見上げる。

「俺を殺せ!!」と声を上げたが、ジェネシスは無言でこちらを見ているだけだ。

――が、

(待てよ……)

バルドは、あることに気が付いた。

(まさか、こいつ……)

ジェネシスからは不思議なほどに、血の臭いがしない。

(まさか、こいつ、俺のところに来るまでの間、誰1人として手にかけてこなかった……のか⁇)

ありえない。バルドは思った。

誰にも知られず、誰にも称賛されずに、人を救う。

そして。その上、この仮面の男は、敵すらも救おうとしているのか。

「……なぜだ……？」

思わず、バルドは尋ねてしまった。

「なぜそうまでして己の信念に殉ずることができる⁉⁉　なぜそこまで尽くして見返りを求めない⁉⁉　なぜ……そこまで、正しくいられるんだ⁉⁉」

地面に這《は》いつくばりながら、バルドは己の疑問をぶつけた。

仮面を被り、誰にも知られず闘い続ける。どんな腐敗があろうとも、己の信念を曲げない。

いったいどんな信念だ。

あの強さは普通ではない。一体、どれほどの鍛錬を積めば、そのような高みに到達できるのか。

影の域外魔法を得た自分ですら、闇ギルドの犬に成り下がって、敗北の末、這いつくばっているというのに。

疑問を叩《たた》きつけたバルドの目。

それを、ジェネシスは静かに見下ろす。

気が付けば、男の仮面が少しズレていた。そのおかげで、下から見上げるバルドには、眼の部分がよく見えていた。

ジェネシスの澄んだ燃えるような瞳。その瞳は、バルドを真《ま》っ直《す》ぐに貫く。

そして。

その透き通った眼差《まなざ》しは無言で語っていた。

——お前はすでにその答えを知っているはずだ、と。


「……そん……な」

思わずつぶやきが漏れる。

ジェネシスは、己の信念を守って戦いに向かっている。

なら、俺は⁇　一体、俺は何のために戦っている？？？

なぜ苦しみながら、俺はたった１人で影の魔法を習得した⁇

俺は、俺は——

◇

俺とバルドの無言にらめっこが５分ほどたち、もうそろそろ観念してくれたんじゃないか、と思い始めたそのとき。

――瞬間、外からものすごい圧力を感じた。

この莫大《ばくだい》な魔力量に、一糸乱れぬ統率ぶり。

「チッ」

最悪だ、と俺は思った。

どうやらくだらないことをしているうちに、本命が来てしまったらしい。

「騎士団……!!」

イーリスがつぶやく。

「…………まずいな」と俺も仮面の下でため息をついた。

今一番、来てほしくない相手である。

あの魔力の感じからすると、確実にメインキャラの一角である英雄・レインもいるだろう。

バルドがメンヘラぶりを発揮していなかったら今頃、アジトの表の木にでもバルドをつるして、おまけにイーリスを適当に置いておけたのに……。

マジでどうしよう。

が、その時。

「ふん、ジェネシス。貴様もまだまだ甘いな」

「……?」

グハァッ、と俺に斬られた部分を押さえながら、立ち上がった男がいた。

何を隠そうバルドさんである。

「さっきまで魔力を上手《うま》く隠していたのに、先ほどの魔力の放出で位置がバレたな。仮面を被っている時点で、お前も訳ありだろ。これに懲りたら相手の挑発に乗らない様にしろ」

俺のような挑発にな、と笑うバルド。

「バルド……」

立ち上がったバルドには悪いが、今更なんなんだろうか、と俺は思ってしまった。

まさかもう一回やりたいとでも言うのだろうか。

今はバルドをどう騎士団に捧《ささ》げれば、事が一番穏便に収まるのかを考えている段階だ。

正直言って、メンヘラの相手をしている暇なんて――

「ジェネシス。行け」

「は？」

「別の出口を教えてやる。だからそこから逃げろ」

「え？」

カンの鈍いやつだ、とバルドがよろよろと剣を持つ。

「――俺が騎士団とやり合う。その隙に、貴様はそこの娘を連れて逃げろ」

このとき、俺が思ったことはただ1つ。

こいつは一体なにを言っているんでしょうか？？？？

「別の出口を教えてやる。だから、そこから逃げろ」

「え？　いや、だって」

俺はそういうバルドをまじまじと見なおした。

「だって、お前……」

バルドは俺の一太刀を受けており、傷も深い。今だって、傷口を押さえている。

だが、

「情けは無用だ、ジェネシス」

そう言ったバルドは、なぜか晴れ晴れとした顔をしていた。

「クックック、俺も、かつてはお前と同じだったのかもな。こう見えて、誰よりも真っ直ぐに正義を求めていたのかもしれん」

「【絶影】……」

俺は、バルドの異名を呼んだ。

お前はさっきから何を言ってるんだ？　という疑問とともに。

「その名は捨てた。もはや、俺はただのバルドだ」

何か、覚悟を決めたように、バルドが語り出す。

「ずっと長い間、暗闇を歩いていたような気がするよ。どうやら俺は、本当に大事なものを忘れてしまっていたらしい。大事なものはすぐ近くにあったたっていうのにな。

——ジェネシス。仮面を被《かぶ》りし、影の英雄。皮肉なものだ。お前という光が、影にいた俺に、かつての自分を思い出させてくれた」

「…………………」

「…………………」

沈黙。

「…………そか」

ダメだ。全然、意味がわからない。

あまりにもポエムがすぎる。光と影とか、英雄とか、暗闇とか。

エンリケと同等という評価は間違っていなかったらしい。

きっとこのバルドは、ストレートに強者ムーブをしてくるエンリケとは違い、意味深でカッコよさげなことを言いまくる、というこれまた面倒くさいタイプの厨二病だろう。

俺自身も、イーリスに意味深なことを言いまくる、という戦法を仕掛けたことはあるが、実際自分がやられてみると、こんなにも訳がわからなくてストレスがたまるものだとは……。

「ふん、その沈黙……俺を置いていけない、とでも言うつもりか？　とことん甘いやつだ」

俺では埒《らち》が明かないと思ったのか、バルドが振り向いて、イーリスに声をかける。

「すまないな、お嬢さま。色々と悪かった。俺からの願いだ、このアホを外に連れ出してくれ。そこにある岩をどかせば、小さいが、道ができる」

「で、でも、あなたは……」

「頼む。一生の願いだ」

「わかりました……な、なら私が責任をもって、必ず‼」

「すまない、恩に着る。このバカは未《いま》だに俺の心配をしているらしい。こいつをつまみ出してくれ。裏道を抜けたら、ハーフェン村の近くに出る」

見知った魔力を感じたから、ハーフェンの方もきっと面白いことになっているはずだ、とバルドが笑う。

「行きましょうジェネシス。別れに涙は無用です‼　早く‼」と、なぜか俺を急《せ》かすイーリス。

「……そ、そうだな」

なぜ、俺がバルドをめちゃくちゃ心配している、的な雰囲気になっているのかはわからないが、俺はある結論に達していた。

少なくとも、これはこれでいいか、という結論に。

まあ、考えてみれば、騎士団は正義の組織。

そんな騎士団が、こんな負傷したボロボロの男を、寄ってたかってボコボコにするはずがない。

これは、いわば自首である。

バルドだって、もうボロボロなんだから大して戦う気もないだろう。

平和に終わるはずだ。そんなことを考えながら、岩をどけると隙間に小さい道が見える。どこかに続いているようだ。

その穴に先にイーリスが入った。

「さあ、ジェネシス。行きましょう……！」

――が、俺の眼《め》は、とぼとぼアジトの入口の方へと向かっていくバルドに釘付《くぎづ》けになっていた。

いや、なんか……普通に可哀想《かわいそう》である。

「――おい」と、俺は後ろ姿だけのバルドに呼びかけた。

「……なんだ」

振り向きもせず、バルドが答える。

「……まあその、また戦おうな」

一応、これは俺の本心だった。

たしかに、このバルドという男、やけにポエミーだし、急に刃物を舐《な》めたり、と若干神経を疑うような部分は多々あった。

が、しかし。実際、戦って楽しかったのは本心である。

俺は、戦いに喜びを見出《みいだ》すような脳筋ではないが……、とても楽しかった。

「楽しかったぞ」

一瞬の沈黙。

「……ハッ、どこまで甘ちゃんなんだよ、貴様」

虚を突かれたように、バルドが一瞬止まった。

だが、その表情は晴れ晴れとしていた。

まるで、どうしようもない友に困っているかのような。

「……あぁ、そうだな、ジェネシス。が——次にやったら勝つのは俺だ。覚えておけ」

そんな言葉を残して、男は去っていった。

「いきましょう、ジェネシス」

イーリスに急かされ、こちらもさっさと逃げるために動き出す。

俺は、イーリスのあとに続き身をかがめながら、狭い通路を進んでいった。

——自首して色々終わったら、そのうちダイエットがてら、手合わせでもしてもらおうかな、と思いつつ。


出口。イーリスのあとに続いて、長い長い抜け道を這《は》って出た俺は、ようやく新鮮な空気にありつけていた。俺たちが着いたのは、小高い丘のような場所だった。

「ふぅ……やっと出れましたね」

「あ、あぁ……」

がしかし、である。この脱出は、死ぬほど大変だった。

何がというと、その原因はイーリスのお尻にあった。

メインヒロインのイーリスは、普段から鍛えている、ということもあって、とてつもなくスタイルがいい。特に下半身。

しかも、俺たちが通ってきたのは、狭い小道。必然的に、俺は先を行くイーリスのお尻を延々と眺め続けることになっていた。

「…………………ハァ」

ため息をつく。

正直言って、今夜の一番の強敵は彼女のお尻であった。伏兵は、思わぬところに潜んでいたのである。

そして、辺りを見渡したイーリスが、

「わぁ……！」と感嘆の声を上げた。

イーリスにつられ、彼女の指さした方向を見る。

「ハーフェンの村、すごいことになっていますね」

そう言って、穏やかに笑う彼女は美しく、普段であれば、思わず俺でもハッとさせられるほどだった。

が、今の俺にはそんな彼女の美貌も目には入ってこなかった。

なぜなら――

「賑《にぎ》やかで楽しそう……この時期の……お祭りでしょうか？」

「……そうだな」

俺の目線の先では、盗賊に壊滅させられ、惨劇の舞台となるはずのハーフェン村から、「ぴ～ひゃらら」と、想像を絶するほど陽気な音楽が流れていたからである。

「…………………………………」

俺に去来する思いは、ただ1つだった。

絶対に、これにはやつが絡んでいる。

エンリケ、と俺は心の中で呼びかけた。

俺はたしかにハッピーエンドにしてくれ、と言った覚えはあるが、こんなに面白おかしく騒いでくれと言った覚えはないぞ……。

幕間

——アジトの入口付近。

「まったく……最後の最後まで」

騎士団が準備を整えているであろう入口に向かいつつ、バルドは愚痴っていた。

「お前との戦いで、こっちはボロボロなんだよ」

実際、そうだった。身体《からだ》はボロボロで意識も朦朧《もうろう》としており、魔力も底を尽きかけている。

なのに。

『——また、戦おうな』

仮面の男から最後にかけられた言葉は、ひどくさっぱりしたものだった。

殺し殺される間柄にもかかわらず、交わされた爽やかな言葉。

しかも、

(あいつの口ぶり……俺が死なない、と信じ切っているような口ぶりだったな)

ジェネシスは、とことん最後までムカつく男だった。

リヨンの騎士団は英雄のレインを筆頭に、精強でもって知られている。そんなの相手にして、足止め。

生きて帰れない可能性の方が高い。

（全く……どこまで甘っちょろくなってしまったんだが）

そして。ようやく、アジトの入口に着いたバルドはゆっくりと姿を現した。

「……誰だ⁉」

目の前には、アジトを囲うようにしている完全武装の騎士たち。

そして、その中にいる一際大きい男が、英雄・レインだろうか。

「……怪我《けが》人か…⁉」

警戒しつつ、こちらを見てくる騎士。

いたって普通の反応だ。こちらの負傷具合を見れば、誰だって被害者だと思うだろう。

正直言って、自殺志願もいいところだった。

万全のコンディションでも勝てないであろう相手に対し、こっちは負傷しているのである。

——だが。

バルドは、不思議と一切負ける気がしていなかった。

己の胸の内に、火がついたような感覚。

（こんな状況で、我ながら、勝つつもりか。大層イカれてるな……これもあいつの馬鹿が移ったせいか）

思わず苦笑し、剣を構える。バルドの構えを見たのだろう。

応じるようにして、一斉に、騎士団も構える。

「その傷。何があった？　なぜ構える？　大人しくしていれば、危害は加えない」

レインが野太い声で尋ねてくる。それは、降伏の勧告。

が、

「いや」と、バルドは、それを無視した。

「俺の後ろには、ある男がいてな。そいつのために少しばかり、足止めをさせてもらう」

「――ほぉ」

レインの温かな雰囲気が変わった。

「なら、力ずくで話を聞かせてもらうぞ」

瞬間。隊列を組み、押し寄せてくる騎士たち。

「ハッ」

目を閉じる。行うのは、いつもの行為。

戦闘前のルーティーン。

「――《影よ》」

目前に迫る騎士たちを前に、男はただただ、
い、い、い、
剣を舐めた。


――ハーフェンの激闘。

突如として現れたボロボロの男・バルド。満身創痍《まんしんそうい》に見えた彼を倒すのは、騎士団の精鋭にとっては、容易なように思われた。

が、男の実力は凄《すさ》まじく、騎士団を相手に一歩も引かず、互角以上の戦いを繰り広げた。

こうして後に、『ハーフェンの激闘』として世に謳《うた》われる伝説の戦いが幕を開けたのだが、その始まりが、割と些細《ささい》な言葉のすれ違いにあったことはあまり知られていない。

◇

月明かりの眩《まぶ》しい夜。

カルラ——王国でも魔法の腕に限って言えば、5指に数えられる指折りの魔法使いは、現在、自宅で悩んでいた。

滅多《めった》に揺れることのない彼女の怜悧《れいり》な瞳が揺らぐ。

彼女の心配の矛先はただ1つ——

「大丈夫かな。ウっくん……」

そう。他でもない自分の弟子のことだった。

カルラはウルトスのことを、外で呼ぶときには「我が弟子」と呼んで、それなりに距離をとっていたが、内心では「ウっくん」と愛称で密《ひそ》かに呼ぶことにしていた。

「ボクちんは〜」とわざと愚かなように振舞い、自ら道化の仮面を被《かぶ》る少年。

そのウルトスを弟子に加えたカルラは、修業を始めていた。

もちろん、カルラは、彼に非凡なものを見ていた。

珍しい【空間】の属性。だから、才能はあるだろう、とカルラは魔法の基礎を教えた。

──が、弟子の才能は、彼女の想像の上を行っていた。

「わ、我が弟子……なにそれ」

実際、ウルトスの飲み込みっぷりは群を抜いていた。

しかも、ただ単に魔法の基礎を習得するだけではない。

たとえば、彼はMPという単位により、本来、感覚でしか把握できないはずの残存魔力量を、極めて正確に把握することができていた。

「え、じゃあ、《火球《ファイアー・ボール》》のMP使用量は？」

「5くらいじゃないですか。まあ、適性がある使い手にとっては、もうちょっと下がるかもしれません」

すごい、とカルラは思わずつぶやいていた。位階魔法のそれぞれに対し、消費する魔力の量を的確に言い当てている。

この時点で研究者になれるんじゃないか、とも思う。

才能。ランドール公爵家の嫡男は変わり者だった。

貴族でありながら剣術もする。エンリケ、とかいうよくわからない風貌の男と、一緒に剣の修業をしているのを見たことがあった。

普通の人は、自分が適性がありそうな方に絞るものだ。

ウルトスほどの才能があるのであれば、普通は魔法に費やした方がいいのに……。

でもカルラは、そんな弟子に魅力を感じてしまっていた。

ウルトスに宿る、美しくも妖しい輝きに。

「じゃあ、我が弟子。何か、空間の魔法を思い描いてみて」

「はい、わかりました……」

が、ふとカルラが違和感を覚えたのは、ウルトスの魔法の運用方法だった。

――なんでもいいから、自分の思う魔法を考えてきて。

こう言われたら、普通の子供はカッコいい魔法を考えてくる。

かつてのカルラもそうだった。だから、カルラもそう期待していたのだが――

「え、空中に壁を作る？」

不思議なことに、弟子が作る、というのはそんな子供の空想とはかけ離れたシンプルな魔法だった。

ハッキリ言って、不思議だ。

だいたい、子供の魔法はあきれるほどロマンの塊で、熟練者になっていくにつれ、シンプルにそぎ落とされていくのだが……。

ウルトスは最初から、極めてシンプルな魔法を考えてきた。

「ほ、本当にこれでいいの？　なんかもっとこう……カッコいい感じじゃなくて⁉」

「いやあ、実用的な方がいいかと思って」

そう言って、ほほ笑むウルトス。

――胸に忍び寄る、違和感。

「え？」

そして、カルラが決定的なことに気が付いたのは、ある事件がきっかけだった。

「も、もう一回言ってくれる？？？」

「あぁ、だからわざと魔力を枯渇させて～」

「…………んなっ」

「こういう方法ってありですかね？」とウルトスに言われた方法は、明らかに常軌を逸していた。

自らの体内で魔力を意図的に枯渇させ、結果として増幅させる。

いやいや、とカルラは震えた。

――そんなの、禁則事項だよ、と。

王国の魔法使いは、ほとんどが『協会』と呼ばれる組織に属している。そして、その協会では、きっちりと決められた禁則事項があった。

『人体に対する魔法実験の禁止』。

当たり前である。そんなのしてはいけない。

ウルトスの発言は、この禁則事項を余裕で飛び越えていた。一歩間違ったら、肉体がめちゃくちゃになって自壊するだろう。

身体が大丈夫だとしても、精神がそれに耐えられるかはわからない。

一歩間違ったら死ぬ。生き残ったとしても精神が壊れる。

あり得ないほどに、危険な方法。

(ウっくん……この子、どれだけ力を欲しているの？？？)

カルラは恐怖した。人の魔力量は、生まれつき決まっている。

だから、誰もそんな生まれつきの魔力量をどうにかしようなんて思わない。

手がもう1本あったら便利だから、という理由で手を生やそうとする人間がいないのと同じ様に。

しかも、

(ウっくん、魔力量あるじゃん!!!)

カルラはそう言いたかった。

そもそも、この少年は魔力の使い方がうまいのだ。だから、保有する魔力には確実に余裕があるはず。

なのに、この少年はさらに力を求めている。

そうだ。そう考えればすべてつじつまが合う。あの奇妙な空間魔法も、魔法の才能があるのに、剣術にあれほど力を入れている理由も。

彼は、魔法に実用性しか求めていない。

もちろん、彼は魔法研究の才能があるのかもしれない。が、それを覆すほどに、戦闘者として、力を求めている。

「わ、我が弟子……」

カルラは真っ直《ま》ぐ《す》少年を見つめた。

少年は穏やかに、笑う。

だからこそ、わかってしまった。この少年はすべてを捨てようとしている。力以外のすべてを――それは『求道』。

力を求め、それ以外のすべてをそぎ落とす、修羅の道。

(ダメだよ、ウっくん……)

カルラは知っていた。それを求めた結果、人間の道を踏み外した人間は山ほどいることを。

(そっちの道には、何もない……その道を進みすぎたら、『人』じゃなくなる!!!)

だから、次の瞬間。カルラは少年を抱きしめていた。

「そ、そんな方法死んじゃう……!!! 私が何でも助けてあげるから、なんでも言うことを聞いてあげるから、つらいときはずっとそばにいてあげるから……!!! だからこそ、そんな真似《まね》だけはやめて……!!」

涙を浮かべ、少年に抱き着く。

戻ってきて、と。

「……ええ」という声。

さらに追い打ちをかけるように、カルラは少年の手を取り、自身の胸に当てた。

「どう？」

「私の心臓の音。ね？　あったかいでしょ、我が弟子。人の心はこんなにも温かいんだよ」

「何がです⁉⁉」

「……は、はぁ」

目を白黒させる弟子。

カルラはそこに希望を持った。まだ大丈夫だ、と。

この少年は、まだ引き返せる。自分が導いてあげないと。

「ち、痴女だ……」と、ウルトスがつぶやいた。

「む！」

痴女。聞いたことがある。男性に対していやらしい行為を繰り返す女性のことだ。

たしかに、ランドール領は治安がいいけど、近ごろは物騒だし、そういう女性も出現するのかもしれない。

「大丈夫だよ、我が弟子」

痴女に不安を覚える弟子に対して、カルラは大きくうなずいた。

ウルトスの手を自分の胸に押し当てながら。

「私、結界とかも張れたりするから。痴女には負けないから、何でも言って」

きっとこれで弟子も安心してくれるはず。

――が、

「あれ⁇」

滅多《めった》なことでは平静さを失わないウルトスが、「……自覚なしかよ」と冷や汗をかいていたのが、カルラには印象的だった。


「今頃、リヨンかあ……」

そんな愛弟子《まなでし》とのやり取りを思い出しながら、カルラは月を眺めていた。……まあ、なぜか愛弟子は何も言わずに旅立ってしまい、慌ててカルラは屋敷で行方を聞いたのだが……。

「久々にご両親と会って、街の観光とか楽しんでるんだろうか。それとも夜だし、もう眠ってるころかな」

もちろん、同時刻、まさか弟子が謎の仮面を被って、闇ギルドと全面戦争をしていることなどつゆ知らず、彼女は悩んでいた。

どうやったら、彼に、あの少年に人の温かさを教えることができるだろうか。

そして、彼女の考え付いた方法は――

「人の温かさ……む！　添い寝とか……⁉　悪くない……？」

――一流の魔法使いは、常識がない。そんな例に漏れず、カルラの思考もだいぶアレだった。

11章　『月』のグレゴリオ

深夜のばか騒ぎ。

俺がハーフェン村の新たな惨状に絶句していると、「ふふっ」と横にいたイーリスが村の方を指をさした。

「これも、きっとあなたの仕業なんでしょうね。ジェネシス」

「…………………」

が、俺は答えられなかった。

たしかにエンリケをお使いに出したのは俺だが、こんな空気の読めない宴会を開くほど、ジェネシスはバカではない。

創作物に出てくる仮面を被《かぶ》ったキャラクターたちは、基本的にこんな飲み方をしないのである。

せめて、やるなら、もっとこう……事件が終わった後に、1人でバーでグラスを傾ける、とかそれくらいだろう。

「……嘘《うそ》で……あってくれ」

小声でつぶやく。信じられなかった。

もちろん俺は、今回の事件を機にジェネシスとは金輪際、手を切るつもりだったがそれにしてもひどい。

自分の生み出した人物——ジェネシスの行動理由が、俺にもわからなくなってくる。

え、仮面被って正体隠しているくせに、こんな大宴会を開いちゃうの？？？　といった感じである。

「そ、そういえば、話は変わるが——」

正直、もう訳がわからなくなってきたので、話を変えることにした。

現在進行形で惨劇が起こっている村から目を離し、彼女を見据える。

同時に、俺はそもそもの計画を思い出していた。彼女を助けたのは、ウルトスに対するマイナス感情をどうにかするためでもある。

原作主要メンツの彼女だけには嫌われてはいけない。

「…………」

彼女の表情を盗み見る。

「……な、なんですか急にそんな……」

と、イーリスは夕方会った時とは大違いで、しおらしい。

いつもの強がりがないおかげで、ストレートな美少女、といった感じがする。

なるほど。そういえば、彼女はいわゆる強気でツンデレ気味なヒロインだが、一度心を許すととてもヒロインっぽい一面を出してくる。

つまり、彼女がこんなに柔らかい表情をしているということは、多少はこっちに心を開いてくれているのだろう。

さて、何を話そうか――

そう思った、その時だった。

「……ジェネシス!!」と彼女が大声を出した。

「ん？」

「その……私、まだまだなんです。家での立場も弱く、強さもなく、社交界での発言力もない。何もないんです。そんな私でも……」

一息つく彼女。

「――あなたのように、なれますか？」

彼女の口から、言葉が絞り出された。

苦しそうな表情の彼女。きっとこれまで否定され続けてきたのだろう。

だが。

「なれるさ」

至極、あっさりと俺は言い放った。

「というより、俺なんかよりよっぽど強くなる」

「……え」

なぜなら、俺は知っていた。

イーリス・ヴェーヴェルンは田舎《いなか》の男爵の妾《めかけ》の子……などではなく、その正体は、途絶えたと思われている王家の末裔《まつえい》。

　つまり、王族の血筋を引くとんでもないレベルの高貴なお方である。

　イーリスルートでは、彼女は徐々にその資質を示し、今のグダグダ腐敗しまくりの王家を叩《たた》き潰すことになる。

　ちなみに我らがクズトス先生は、イーリスルートでも、たかが男爵令嬢と侮り、嫌がらせしまくった挙げ句、彼女の出自が明らかになってもそれを信じず、最終的に彼女に廃嫡されることになる。

　クズトス先生……俺が言えた義理じゃないけど、もうちょっと相手を見ようぜ……。

「本当ですか？　なぜ、そんなことを言いきれ――」

　顔を曇らせるイーリス。俺はそんな彼女に向けて、言い放った。

「俺は確信しているからだ」

　そして原作知識からです、とは言えないので、ぼんやりごまかす。

「つらいこともあるだろうさ。だが――明けない夜はない」

　ちょうど、空も微《かす》かに白み始めていた。

「そんな……」

　一瞬の静寂。

「……アッハッハ……なんですかそれ。人が必死に聞いたっていうのに……」

　彼女が晴れやかに笑った。笑いをこらえきれない、といった風に。

「不思議です。今日初めて会って、顔も知らないのに――あなたの言葉は、ずっとまっすぐに未来を見据えている」

「適当なだけだ」

いいえ、とイーリスが首を振る。

「貴方《あなた》は先ほどまで命を奪い合っていた相手の心ですら、動かした。あのバルドという人も、最後はどこか楽しそうに見えました」

「まあ、そのなんだ。つまり――期待している」

というか世界を救うのだから、俺程度で満足してもらっては困る。

そうして、ハーフェン村の方に、去ろうとした時。

俺は、ふと本来の目的を思い出した。

ランドール公爵家の嫡男のことをどう思っているんだ？　と聞いてみる。

「あぁ、あの場面もご存じなんですね。というより、何を知っていても不思議じゃない、か」

俺は、覚悟していた。それなりに嫌われているんじゃないか、と。

――が。

「大丈夫ですよ。むしろ、私はやる気が湧いてきました。負けませんから。遠くから見ていてください」

……やる気？　負けません⁇

しかし、その「やる気発言」の真意を聞き出す前に、彼女は笑顔で走っていった。

「まず襲われた馬車や御者を探さなきゃいけませんから。無事だとよいのですが——では。また、きっといつか」

「いやあ……」

　1人残された俺は、なんとも言えなくなっていた。

なぜなら、最後に見た彼女の笑顔は、モブ人生にすべてを懸ける俺をもってしても、見惚《みと》れてしまうほどいい笑顔だったからである。

「やっぱメインヒロインすごいな」

　俺はしみじみつぶやいて、ハーフェン村の無事を確かめるため、いや、もっと言うと、この宴会の主犯格であるエンリケを問い詰めるために、村へと歩いていった。


　自信を失いかけていた彼女にエールを送り、「世界を救うのは君だぜ」「君もやればできるよ」アピールをしたところで、俺はハーフェン村へと潜入していた。

　村に入るに当たって、仮面を取り外す。

　服装もちょっと目立つが、運良く夜だし、みんな騒いでいるから、それほど目立っていない。

　そうして俺は、村へと入っていった……のだが。

「うわぁ……」

　俺の目の前には、信じられないような光景が広がっていた。

　なんでだ、と問わずにはいられない。

なんで……、

「……なんで子どもたちが、仮面???」

楽しそうに笑顔を浮かべ、遊ぶ子供たち。そしてその子たちの頭の上には、木で掘ったお面のようなものがある。

灰色の仮面。間違いなく、ジェネシスのトレードマーク(仮)である。

しかも、

「ね、ねえ。それどこで手に入れたのかな……?」と聞いてみると、

「作ってもらったの!!」と元気よく答えてくれた。

なるほど。ハーフェン村にいるプロの木彫り師が、作ってくれているらしい。

さらに、村の中央に進むたびに、俺はダメージを受け続けていた。

なぜなら——

「やっぱジェネシス様だよなあ。ハーフェンに来た盗賊を事前に予見していたのは、ジェネシス様だけらしいぜ」

「あぁ、騎士団の動きも遅かったしな! しかも自らは表に出ないってのが痺《しび》れるぜ!」

「あぁ。うちの村も救ってもらえたんだ!! 今日は飲み明かすしかないな!!!」

……これである。

道理で子供たちがお面を被ったりしているわけだ。

村人たちは、口々にジェネシスのことを褒め称える。

俺は共感性羞恥心に耐えながら、道を進んだ。

そうして、村の中央の広場に着いた。集まる人だかり。突然、声をかけられる。

「おや、アンタも話が聞きたいのかい？？？」

「え⁇」

「いやいや、わかっているよ。仮面の英雄・ジェネシスの話を聞きたいんだね」

「あ、いや別に俺は——」

いいから、いいから、とやけに圧の強いおばさんに連行され、俺は広場にいる群衆の後ろに連れてこられた。

「今から始まるよ、楽しみにしておきな。ジェネシス様第1の配下——エンリケ様のお話だ」

「……は？」

絶句した俺が、無言で待っていると、やがて聴衆は座り始めた。

おかげで、この身長でも真ん中にいる男の姿がよく見える。

「エンリケさん‼　ジェネシスとの出会いを詳しく……！」

「ほう……それを語るとするか」

そう言って、片手に酒を持ちながら渋い感じで話しだすのは、俺もよく知った男だった。

というか、エンリケだった。

「まあ、俺とぼっちゃ……ではなく、ジェネシスとの出会いは意外に最近なんだ。まあ、場所は言えねえが、とある時、俺はとある男と会った」

などと、具体性ゼロの話を偉そうに語り始めるエンリケ。

ていうか、お前、今、坊ちゃんって言いかけたろ。

「正直、最初はなんだこいつ、って思ったよ。生意気な野郎だってな。でも、この俺の蹴りをやつは受け止めたのさ」

「うおおお」とか「やっぱ何度聞いてもすげえ！」という聴衆の声が聞こえた。

なるほど。俺はやっとこの狂気の村の正体がわかってしまった。

きっとこの村で人助けをしたエンリケは、誘われるがまま宴会に出席、その勢いでこうやって俺の——ジェネシスのことを語り始めたのだろう。

それが回り回って、村中に伝染した、と。

……金をもらうな、だけではなく、「宴会に出るな」とか「変な噂話《うわさばなし》をするな」とかもよく言いつけておくべきだったかもしれない。

俺はなんとも微妙な顔でカッコよさげに語るアホを眺めていた。

「あいつはいい眼《め》をしていたよ」

そう言って、辺りを見渡すエンリケ。エンリケの眼が、仮面を外していた俺を捉える。

「そうそう。ちょうど、そこの小僧みたいな生意気な眼で俺を見てやが——ん？」

「…………」

俺とエンリケの眼が合った。

無言。

ようやく、エンリケも俺に気が付いたらしい。

「…………あぁ、なんだその皆の衆」

急に気まずそうにエンリケのトーンが下がった。

「そ、そのちょ、ちょっと用事ができた気がするぜ！」

「えぇ～」という残念そうな村人の声。

俺は、そんなエンリケに笑顔で手を振った。

それから、村の外を指し示す――村の外で、お話をしようか、と。


「で？」

村の外の森らしきところで、落ち合った俺は、エンリケに説明を求めていた。

「いや、坊ちゃん。悪かったたって。村の連中が、どうしても宴会を催したいって言って聞かなくてよ」

「それにしては、気持ちよさそうに話してたけどな」

「まあ、だけど見てくれや。盗賊のやつらは全員、始末したし、今だって結構、良い足止めになってるぜ？」

ほらよ、と言うエンリケに促されるまま、村の方を眺める。

すると、

「いやだから、我々は盗賊がいるとの連絡を受けて……」

「盗賊？　やつらはみんなぶっ倒れたよ!!　そんなことより、いいから、ジェネシス様の仮面を買いな!!　健康長寿に、家内息災。商売繁盛だよ！」

「え？　いや、だから、おたくの村の祭りに興味があったんじゃなくて、通報が……」

というやり取りがされていた。

まじめそうな騎士たちが、おばさん1人にやり込まれている図である。

というか、さっきの圧が強いおばさん、俺の仮面になんという効果を付与しているのだろうか。

「おい、どうするよ。襲撃があるって聞いたけど、ここの村ちょっと陽気すぎるぞ。レイン団長たちは気になる魔力があるって、敵の本拠地を直接探しに行ってしまわれたし……」

と困惑した表情で話し合う騎士たち。

「な？　坊ちゃん。一応アンタのいる方に行くはずの騎士を多少は足止めしてあるのさ」

「あぁ、なるほど」

離れたところから、騎士たちがカツアゲされかけているのを見つめがら、俺は納得していた。

エンリケが盛大に村全体を巻き込んだ結果、盗賊が来た！　と通報を受け到着した騎士たちが、この訳のわからない熱狂に足止めを食らっている、と。

まあ、原作だと騎士たちは、「俺たちは民を守れなかった……」と、死屍《しし》累々のハーフェン村の中で崩れ落ちるという、まあまあ後味の悪い結果を迎えるので、ここでカツアゲされるくらいの方が良かったのかもしれない。

生きている村人にカツアゲされるくらい、なんでもないはずだ。

「じゃ、じゃあその、仮面を2枚ずつ……」

あ、さっそく仮面買わされてやがる。

「な？　いい感じだろ？」と笑うエンリケに対し、はぁ、とため息をつく。

「まあ、結果オーライだけどさ」

が、俺は嫌な予感がしていた。

「これ伝統の祭りとかになったらいやだぞ、マジで……」

そう。どう見たって村人はノリノリすぎた。完全に仮面の英雄・ジェネシスを信頼しているようである。もし、万が一、この祭りが毎年開催されたりしたら……

もし、そうなったときは――公爵家嫡男として絶対に、この祭りを叩《たた》き潰してやろう。

いかなる権力を使っても。俺はそう誓った。


――が、このときの俺は知らなかった。

酒に酔ったエンリケが語った余計な内容によって、村人はもう完全に村を人知れず救った仮面の英雄・ジェネシスと、その刃《やいば》となって村を守った部下・エンリケに心酔しきっていたということを。

そして、毎年のごとく、この祭りが開催されるようになり、この地域一帯の有名な祭りとして発展していくということを。

さらに、毎回、招待客として、俺はこの『仮面祭』に招待され続けることとなり、自分が生み出した黒歴史――ジェネシスの活躍っぷりをわざわざ祝わされることになり、羞恥心にさいなまされ続けることを。

このときの俺は、知る由もなかったのである。

――少しして、俺とエンリケは、リヨンの街へととんぼ返りするため、平原を疾走していた。

相変わらず、魔力をガンガンに消費させつつ進むエンリケに、あくまでも静かに進む俺。

「で、あとは市長だけか」

そんな時、エンリケが口を開いた。

「だいたいよ。そもそも、そいつは何がしたいんだよ？　なんか理解できねぇんだよなあ。貴族の評判を落とし、闇ギルドを動かし、果ては騎士団に協力する善良で有能な市長のふりをして、自分の名を上げる」

エンリケが言った。

なんか、遠回りじゃねえか？　と。

「あぁ、そうだな」

エンリケの見立ては間違ってはいない。

「というか、やつは何も考えてないよ」

「あん？　それはどういう――」

「やつにとって、これはただの暇つぶしさ」

そう。俺が知っているグレゴリオであれば、きっとそうだ。

『ラスアカ』における、ネームドキャラの悪役。

『月』のグレゴリオは、そういう男だった。

『ラスト・アルカナム』。

略して、ラスアカ、という18禁ゲームには、世の厨二病患者どもを熱狂させるシステムがあった。

それが、アルカナ、と呼ばれるシステムである。

タロットを構成する22枚のアルカナ。作中に登場するメインキャラクターには、それぞれ対応するアルカナが割り振られていた。

たとえば、今は不遇真っ最中だが、最終的になんやかんやで覚醒し、ルートによっては普通に王位奪還するイーリスだったら、『女帝』のアルカナが。

たとえば、今は普通のもやしっ子だが、常人には思いつかない狂気の素人《しろうと》として、愚かな修業をひたむきに続け、最終的にはラスボスすら打ち倒すジーク君には、『愚者』のアルカナが。

という風に、アルカナ持ちのキャラクターは、それぞれの性格を象徴するようなアルカナを持つ。

まあ要するに、基本的にアルカナが対応しているメインキャラクターは、大体一筋縄ではいかないので、モブ人生を目指すなら避けた方がいい、というわけである。

――が、極めて面倒くさいことがあった。

この事件の主犯格であるグレゴリオも、いわゆるアルカナ持ちなのである。

グレゴリオ。リヨンの市長にして、一見仕事のできそうな爽やかなイケメン。

正直言って、グレゴリオは直接的に強いわけではない。腕っぷしなら俺でも勝てるだろう。

バルドよりも弱い。明らかに。

だが、グレゴリオの面倒くさいところは、そこではない。

彼は周囲の人々の心をくすぐり、強大な組織を立ち上げ、最終的に主人公の前に立ち塞がる。

しかも、それだけのことをしておいてなお、この男には特に何の目的もない。

強いて理由を言えば、暇だから。

小さいころからなんとなく心に隙間があったグレゴリオは、要するに暇つぶしの相手を探していたのである。

面白そうという理由だけで、街を掌握し、支配しようとする生粋の享楽主義者。

敵キャラの中には、主人公に倒されると急に物わかりが良くなることもあるが、このグレゴリオだけは配下にしても隙あらば主人公を裏切ろうとする。

内政キャラとしては非常に有能でありがたいのだが、ちょっと目を離した隙に反乱を企てる、という暴れん坊っぷりを見せつけてくれる。

ちなみに、その整った容姿と、絶対にプレイヤーになびかない狂気の悪役っぷりから、意外なことに人気キャラクターランキングの常連でもあった。

——が、現実世界で考えたら、これほど面倒くさい相手はいない。

そう。グレゴリオという男は、数いるキャラクターの中でも、間違いなく出くわしてはならない狂人なのである。

だからこそ、俺はこのイベントが始まってすぐに、グレゴリオのところに殴り込むなんてことはしなかった。

下手《へた》に動いたら最後、一生狂人に粘着されることになるから。

——やつのアルカナは『月』。

アルカナの意味は、『潜在する危険』、『見えざる悪意』、『欺瞞《ぎまん》』。

文字通り、悪役としてはこれ以上にないほどの質の悪い狂人。

それこそが、『月』のグレゴリオなのである。

「ジェネシスよぉ。そいつどうすんだよ」

俺の話を聞き終えたエンリケが見るからに嫌そうな顔で言った。

「話聞く限り、とんでもなくヤバいだろ、そいつ。俺の嫌いなタイプだ。少なくとも、俺たちのような暴力でどうこうするタイプとは、とことん相性が悪そうだしな」

「大丈夫だ、策がある」

なぜ、『俺たち』と脳筋グループに俺がくくられているのかがわからないが、返事をする。

「俺たちが【明るい夜《ヘレ・ナハト》】側の人数自体をかなり削っている。だから、付け入る隙はあるはず」

そう。いかにグレゴリオとはいえ、自分の手持ちの戦力が削られて、現状、動きにくくなっているだろう。

グレゴリオからしても、愉快ではないはずだ。しかも俺には、イーリスを華麗な話術で翻弄したりと、それなりに交渉が得意だという自負があった。

「なるほどな」と、真剣な顔のエンリケがうなずく。

「相手側の人数が少なくなったことだし、グレゴリオのいる市庁舎ごと解体して一気に下敷きにするつもりか。いいぜ、俺好みの策だ」

「…………あのさぁ」

俺は思った。

こいつは、脳みそだけじゃなくて魔力も筋肉でできているのではないか、と。

あまりにもひどすぎる。それでは、俺がとんでもない、話も通じない化け物みたいじゃないか。

「あのなエンリケ」と俺は呆《あき》れながら口にした。

辺りを見渡す。

「もうほぼ、早朝だぞ。そんなことしたら近所迷惑だろ？」

「あぁ。言われてみりゃ、そりゃそうか」

「だろ？」

俺は確信していた。

手駒の尽きかけたグレゴリオ。そしてこれ以上関わってほしくない俺。

しかも、今回はいくらジェネシスの姿をして対峙《たいじ》しても意味がない。

そもそも俺は、俺だけじゃなくランドール家自体に興味を持ってほしくないのである。

そう。つまり俺がやるのは――

「仮面を外して、本来の姿で一対一で穏当に話し合う。紅茶でも飲みながらな。あくまでも主導権はこちらにあるはずだ」

そして、もはや一生付きまとわれないように、不可侵条約を結ぶ。

これしかない。今まさに、俺の運命を決定付ける会談が始まろうとしていた――

◇

――リヨンの中心部、市庁舎。

「今のところ、特に問題はない、か」

グレゴリオは、自身の仕事先である市庁舎の階段を上がっていた。

きちっとした身なりと風貌を見れば、誰もグレゴリオが世間を転覆させようとする男だとは思わないだろう。

そう。誰にもグレゴリオの本質はわからない。

貴族をわざと乱れた夜会に招待し、同時にリヨン近郊のハーフェン村で、闇ギルドを使い事を起こす。

堕落しきった貴族はそれに気が付かず、いち早くそれに気が付いたグレゴリオが騎士団に連絡し、自身が株を上げる、という計画。

もちろん、実際にやってみると不測の事態も出てきた。

たとえば、グレゴリオが主催した貴族の夜会では貴族が眠りこけていたが、今しがた入った連絡では、何者かのせいで会場の警備としてグレゴリオが手配していた男たちがやられてしまったらしい。

一方で、ハーフェン村の方からも連絡が途絶えていた。

――が、それでも、グレゴリオは笑みを崩さず、市長室へと向かった。

グレゴリオは特に何も感じていなかった。

そして、それはこの計画だけではない。

「……『明るい夜《ヘレ・ナハト》』か」と、つぶやいてみる。

そう。金と時間をかけた精鋭の闇ギルド――自分が作った『明るい夜《ヘレ・ナハト》』ですら、グレゴリオにとっては暇つぶしの一環にしかすぎなかった。

「さて、次はどうやって遊ぼうか――」

そう言って、グレゴリオは市長室の扉に手をかけた。

「ん?」

感じたのは違和感。

扉を開けるとすぐに風を感じた。市長室の窓は閉めていたはず。となると、

「おやおや、望まぬ来客かな？」

目の前にいたのは、見たことのある少年だった。

「いやいや、ちょうど昨日ぶりだね、ウルトス君。何か用かな⁉」

部屋に入るなり、紅茶の匂いがした。

少年がティーカップを片手にソファに座っている。

「いい紅茶だろう？　最高級の一品さ」と、グレゴリオはその少年に近づいて、表面上、優しく語りかけた。

「でも良くないよ、いくらランドール公爵家の嫡男とはいえ、僕の仕事場に勝手に入るとはね」

が。

「市長。僕は知っているんです。その……市長が闇ギルドとつながっているってこと」

「……へぇ」

思わぬ返答。

グレゴリオは途端に、少しだけ本心をのぞかせた。

面白い。この少年はどうやらこちらの正体に気が付いたらしい。

そうかそうか、と笑顔で対応する。

「やれやれ困ったなあ。よく調べているみたいだね」

「僕は普通の生活がしたいんです。どうか、両親に、ランドール家に関わらないでもらえます

か?」

「なるほど。いたいけなお願いだねえ。でも、ちょっとそれは難しい相談かな」

獲物がすぐ目の前にいるのに、狩りを途中でやめる狩人《かりゅうど》がいるわけがない。

しかも、

(——馬鹿か、こいつは)

グレゴリオは、その甘さに笑いがこらえきれずにいた。

普通の人生? いかにも、公爵家嫡男としての自信がない放蕩《ほうとう》息子の言いそうなことだ。

そして。

(まだまだ甘い)

グレゴリオは笑顔の仮面の下で毒づいた。なるほど、たしかに真実に多少は近づいたのかもしれない。

しかし、この少年は甘すぎた。あまりにも、迂闊《うかつ》。

そもそも、ここにたった1人で来るとは。

「でも、ごめんね、ウルトス君。君、ちょっと不用心なんじゃないかな? ご両親も側にいるはずのメイドも連れてきていないとは」

パチン、と。グレゴリオは音を鳴らす。

「大人としてちゃんと教えてあげよう。こういう時にはちゃんと手駒を用意して動くことさ。特に、君みたいな力のない弱者はね」

それと同時に、市長室に人の気配が現れた。

３人。

一見するとただの騎士に見えるが、男たちは通常の騎士ではあり得ないほど、冷たい目つきをしていた。

重厚な鎧《よろい》。

騎士の鎧は高価な金属からできていた。かの伝説のミスリル、とまではいかないが、大多数の冒険者なら喉から手が出るほどの逸品だ。

中途半端な魔法を弾《はじ》き返し、生半可な一撃は逆にその武器の方を壊すだろう。

（ちょっとお遊びがすぎたねぇ……少年）

目線で合図する。男たちは、ソファーに座り、悠長に紅茶をすする少年を取り囲む。

グレゴリオは少年の肩を叩《たた》き、

「じゃあね。僕は色々やらなきゃいけないことが多いんだ――」

去ろうとした。

「ちょ、ちょっと話を聞いてください！」

少年の手がグレゴリオの裾をつかむ。

下らない命乞いか、とグレゴリオはその手を払おうと――

「いやだから、ちょっと待ってくださいって」

ん？

「……ね、ねえ、君、なんでそんなに力が強いの？」

グレゴリオの裾を握る手はびくともしなかった。

引っ張ろうが身を揺らそうが、一向に揺らぐ気配はない。

「おい、こいつを引き剝がせ」

「──是非もなく」

そう命令を受けた騎士が、ウルトスの肩をつかんだその瞬間。

ガシャン、と一際大きな音がした。というよりも、破裂音。

「は？」

あり得ない。肩をつかんだはずの1人の騎士が、あれほどの重量を誇る騎士がなすすべもなく、テーブルに叩きつけられていた。

まるで、赤子の手をひねるかのように。

「ッ!! ちっ、お前たち！」

すぐさま、他の騎士たちは動き始めていた。2人目は剣を構え、突撃。3人目はその隙に魔法を唱える。

が、

「あぁ、結構いい剣使ってるんですね。いいなあ」

この辺のレベル帯だと、この装備って珍しいですよね。そんなのんきなことを言いながら、
少年は騎士の一撃を最小限の動きでかわす。

かわす、かわす、かわす。ティーカップを持ちながら。

それから反転。

涼しい顔で剣を奪い、その勢いのまま柄《つか》でぶん殴る。重装備の鎧が凹《へこ》み、砕け散った。

「…………カハッ」

崩れ落ちる騎士。

「お、鎧も一級品ですね」

悪夢だった。いや、まだいける。

魔力がたまったらしい。3人目の男の雷撃の魔法が光を放つ。

「《雷の槍・三連《サンダーランス・ドライ》》」

サンダーランスは、グレゴリオもよく知っていた。雷の槍が対象者を貫く、強力な第3位階の戦闘用魔法。

しかも、その魔法を3つ同時に唱える、という絶技。

雷の槍撃は、市長室すらも飲み込むほどの勢いで――

「《展開》」

「――は？」

が、しかし、その魔法すらも、途中で何かの壁にでも当たったように、かき消された。

「ちょっと邪魔しないでもらえますかね？」

そして、同じようにして、3人目の男も少年の前に、力及ばず崩れ落ちた。

圧巻。

少年の手の紅茶は、一滴もこぼれていない。

すべて、片手での絶技。まさに、悪夢のような戦力差だった。

「ちょっと邪魔が入りましたね。まあ、まずは座りましょうよ」

(なんなんだ、コレ……は)

訳のわからないまま促され、向かい側のソファーに座る。

視線が合う。

恐怖も怒りも絶望も宿していない、ただ涼しげな眼差しに射られ、グレゴリオは生まれて初めて他人を『不気味』だと思った。

「まさかウルトス君。昨夜の僕の計画をことごとく邪魔したのは君か――」

「あぁ、僕ですよ。あまり昨今、平和じゃありませんね。せっかくリヨンの街に来たのに、夜通し作業なんて」

この少年が、すべてを手引きをしていた。

「何が目的だい？」と思わずグレゴリオは聞く。

金？　名誉？　地位？

一体、何の目的で――

「いや、僕はね。さっき言った通り、本当に、心の底から平穏に生きたいんですよ」

――だから、市長も、もうちょっとおとなしくしててもらえませんか⁉

少年が、笑顔で脅してくる。

(うそ……だろ?)

グレゴリオは思った。

(コレが、ただのぼんくら息子だって?　冗談じゃない)

これはそんな生易しいものじゃない。

同じ狂人であるグレゴリオにはわかってしまった。

他人とは違う自分だからこそ、ひしひしと感じ取れる。

普段は放蕩息子。初めて会った時も、特段覇気もなく、ほいほい付いてくる単なる馬鹿なガキだと思っていた。

が、それはあくまでも仮面。その裏で、この少年はずっと冷徹に考えていた。

こちらを喰《く》らう機会を。まさしく凡夫の仮面を被《かぶ》った、冷徹なる策略家。

もはやそれは狂気といっても過言ではない。

こちらを騙《だま》すために、普段の評判など気にしない、狂気と冷徹さを内包した恐るべき怪物。

そして、グレゴリオが少年のありかたに絶句していたその時。

ちょうど。少年の後ろから光が差した。

「……くっ」

眼を細める。

が、すぐにグレゴリオは少年の後ろに見える光景に目を奪われた。少年の後ろの空は、まだ朝ということもあって、薄暗い。

しかし、微《かす》かに昇り始めた太陽のおかげで、暗さと仄《ほの》かな明るさが混ざり合い、独特な雰囲気を醸し出していた。

「あ、あぁ……!!!」

例えるなら、

――それは、まさに『明るい夜《ヘレ・ナハト》』、夜明けを告げる眩《まぶ》しき太陽。

(そ、そうか……!!)

唐突に、突然に、グレゴリオは理解した。

自分は何のために、この組織を作ったのか。この組織は、一体誰のためのものなのか。

「は、ははっ――やった。見つけた!! ついに見つけたぞ!!!!」

ついに見つけた、自分の予想を遥《はる》かに超える存在。

「貴方《あなた》のために――いや、貴方こそが、明るい夜《ヘレ・ナハト》!!!!!!!」

あふれ出る、愉悦。心を焦がすほどの、喜び。

やっと自身が欲するものに出会えたグレゴリオは絶叫と共に、意識を失った。

◇

「えぇ……」

俺は紅茶を片手にドン引きしていた。

俺は極めて穏当に事を運ぼうとしていた。

紅茶を用意しリラックスした話しやすいムードを作る。そして、温かみのあるアットホームな空間を演出。

それから、あくまでも「普通の人生がいいんだよ」と相手に要求を伝える。

完璧だ。もちろん、途中で危なそうな男たちが市長室をぶっ壊すほどの勢いで向かってきたために、多少は寝ていてもらうことになったが……。

――しかし。

「……やっぱ、ホンモノは違うな」

交渉を進めようとしていたのに、途中で、グレゴリオは、

「こ、これこそが『明るい夜《ヘレ・ナハト》』だぁ!!」「うぉおおおおお！」とか、何故《なぜ》か自分のギルド名を叫んで、気を失ってしまった。

いや、知ってるよ、おたくのギルドの名前は。

ごちゃごちゃになってしまった市長室。そして、なぜか気を失った敵たち。

「ま、まあこれで……いいのか？」

手持ち無沙汰になった俺は、とりあえず紅茶をすすることにした。

「あ、めっちゃうまい」

「お、どうだったよ？」

「……微妙だった」

もう訳がわからないほどぐちゃぐちゃになってしまった市長室の窓から抜け出した俺は、少し奥に入った裏路地でエンリケと待ち合わせをしていた。

「へえ。交渉が決裂したのか？」

「いや、なんか自分のギルドの名前を叫んで気絶された」

聞いた瞬間、エンリケの顔が微妙な表情になった。

「なんだよそりゃ」

「俺に聞かないでくれ」

狂人の思考回路はこれだからわからない。俺も閉口しながら返事をした。

「もう、訳がわからん」

そんなこんなで。俺とエンリケは、リヨンにあるランドール家の屋敷に戻っていた。

正直、もう朝である。俺は疲労困憊《ひろうこんぱい》だった。早く寝たい。

「でもよ、これで終わりだよな？」

「あぁ、問題ないよ。少なくとも現時点では『明るい夜《ヘレ・ナハト》』は壊滅状態だ。もう一度、動き出そうとしてもだいぶ時間がかかる」

「なるほど。まあそもそも、坊ちゃん1人にギルドを潰されかけたって公表するわけにもいかんだろうしな」

そう。現状、俺とあのクズ市長は膠着《こうちゃく》状態だ。

幸か不幸か、俺と市長はどちらも表で結構な立場がある。

「仮に変な動きを見せたら、また同じことをやればいい」

要するに、組織が成長するまで待たなきゃいいだけの話である。

きっと俺とグレゴリオはお互い微妙な距離感のまま、牽制《けんせい》しあっていくのだろう。

「ご領主の評判も守れそうだな」

「まあね。アホな貴族はまだパーティー会場で寝かされてるかもしれないけど、いい薬だろうさ。幸い、父上と母上は途中で屋敷に戻したし、あの2人は何も言われない」

「じゃ、騎士団の方も問題なさそう、か」

そうだな、と俺は応じた。

きっと騎士団はさくっと自首した満身創痍《まんしんそうい》の男・バルドを捕まえて終わりだろう。

そして、惨劇の舞台となるハーフェン村も……うん、まあ、あれはあれでよかったんじゃないだろうか。

俺は一生近づかないけど。

そして。少し歩いていくと、やがて大きめな屋敷が見えた。

ランドール家の屋敷である。

「ウルトス様～～!!」と上の方から声がした。

見上げると、屋敷の3階の窓から顔を出すリエラ。

「お。あのメイド、ずっと起きてたんだな」

あいつも根性あるよなあ、と俺の横でしみじみ言うエンリケ。

「じゃあ、俺は屋敷に戻るよ。寝たいからな」

「俺は久々に街に出てきたからな、酒だ酒」

じゃあな、と言い、エンリケに背を向ける。

「そういえば」と、後ろからエンリケの声が聞こえた。

「これからどうすんだ？　坊ちゃんは」

「あ～」

これから、か。

俺はこれからの原作のストーリーを思い出していた。

主人公ジーク君は、敗北から立ち上がり、来《きた》るべき学院入学に備えて修業を開始する。

イーリスも着々と力を蓄えるはずだ。グレゴリオは……うん。まあ、あいつはいいや。一応は優秀なのだから、俺に関係ない程度に政治を頑張ってくれ。

そうして、落ちこぼれの村人、ジーク君が学院に入学してから、運命は回り始める。

いろいろな可愛《かわい》いヒロインや、強大な敵と切磋琢磨《せっさたくま》し合いながら、ジーク君は頑張ってくれる。

認めるよ。たしかに、ジーク君の学園ラブコメは楽しそうだ。

――が、しかし。

正直、これから出てくる化け物たちに、俺は敵対するつもりなんて全然ない。

Sランク冒険者を始めとした強者どもがうようよ湧いて出る、というイカれた世界観。

騎士団だって本部の組織力はもっとヤバいし、王都の中央貴族とかはもっと極悪人ばっかだし……。

それに、果ては伝説の龍《りゅう》だとか、2万年前に封じられし魔神とかね。

なんで学《まな》び舎《や》の地下に、危険な封印術式ごと化け物が封じ込められてるんですかねえ……。

教師どもは狂っているのか？？？　それともやつらは安全、という単語を知らないのだろうか？

もう、訳がわからない。

もっと言うと、それらを普通にしばき倒せる村人のジーク君が一番意味がわからなかったりするのだが……。

気を取り直して。

「もはや、俺になすべき義務はないさ」

そうエンリケに言う。

まあいい、やっとだ。

リヨンのイベントを乗り越えた。死亡フラグもない。清算したいクズ行為もない。

もはや、俺にはなんの義務もない。

そう、俺はやっと――

「普通の人生に戻れる」

と、その時。

「アッハッハッハ」という爆発したような笑い声が後ろから聞こえた。

心底楽しそうに笑うエンリケ。

「いやいや、坊ちゃん。無理だぜそりゃ。アンタは一生そのままさ」

俺は屋敷の門をくぐった。

いやいや、見てろよ、と振り返らずに返答する。

「これからはストレスフリーなモブ生活だ」

そう。俺の計画、『クズレス・オブリージュ』はここに成った。

あとはのんびりダラダラ、主人公の横の横くらいで、

「が、頑張れよジーク!」「お前ならずっとやるって思っていたぜ!」などど勝手なことを抜かしておけばいい。

紅茶でも飲みながら——

屋敷の階段をどたどたと走る音が聞こえてくる。

リエラも必死に玄関に来ようとしているみたいだ。

ようやく輝きだした太陽。

「クズレス・オブリージュ、完了っと」

その太陽に、俺はこれからの輝かしきモブ人生の予感を感じた——

ような気がしたが、ところがどっこい人生はそう甘くなかった。

俺の『クズレス・オブリージュ』計画が１ミリも進んでいない、どころか、４歩くらい後退していることに気がつくのは、それからちょうど３日後の晴れた昼下がりのことである。

エピローグ　クズレス・オブリージュは終わらない

爽やかな、昼下り——

大都市リヨンの喧騒《けんそう》を離れた俺は、元の領地に引きこもって、悠々自適な生活を満喫していた。

「リエラ、紅茶を」と呼べば、隣には静かにかしずくメイド。

「はいウルトス様。紅茶ですが、『あ〜ん』はどういたしますか？」

「……リエラ、大丈夫だよ。熱い飲み物くらいは自分のペースで飲ませてくれないかな⁇　ね？？？　いやいや、そんなに悲しそうな眼《め》をしないでよ」

熱々の紅茶をこちらの口に流し込もうとする危険なメイドを制し、高級な紅茶に合わせて用意された、これまた高級なクッキーを片手に持つ。

リヨンの長い夜から、３日後。

屋敷は静かそのものだった。

あの後、疲れもあって俺は両親と一緒に軽く昼過ぎまで寝過ごした。

が、起きるなり俺はすぐに両親に訴えた。

「今回の旅は、少し疲れてしまいました、予定より早めに領地に帰ってもいいですか？」と。

のんきな両親は、

「あらあら、パーティーで楽しみすぎちゃったのかしらねぇ」などと言っていたが、
自分たちの息子がまさか夜通し戦っていたと聞いたら気絶してしまうかもしれないので、俺は黙っておくことにした。

ちなみに、両親にはくれぐれも変な輩《やから》に取り込まれないようにと言い聞かせておいた。

特に、いけすかない市長とか、市長とか、市長とか。

まあ、いい。

エンリケもまだ帰ってきていない。屋敷は静かなものだった。

「ふぅ」と紅茶を飲み、一息つく。

流れる、穏やかな時間。温かい紅茶。美味《おい》しい茶菓子。

これだよ、これ。これこれ。

――これこそ、俺の待ち望んでいたモブライフである。

間違っても、頭のアレな厨二病患者どもと一晩中、剣を交えるのはモブがやることではない。

俺は、ゆっくりと引退させてもらおう。

「あ、そういえば、ウルトス様。新聞が届いていましたよ。でも偉いですね、急に新聞を読みたいだなんて」

「情報収集は大切だからね」

新聞。リヨンは商工業の盛んな大都市なので新聞もある。俺は無理を言って新聞を領地まで届けてもらうようにしていた。

要するに、今回の事件が世間でどう受け止められたか。それを確認しようという目的である。

「ウルトス様、どうぞ」

リエラから渡された新聞を受け取り、読む。

「なるほど、ね」

まず、貴族がパーティーで遊び呆《ほう》けていたという点だが、領主であるランドール家のことは全く書かれていなかった。

あくまでも、だらしのない貴族たちが、パーティーの趣旨とは関係のないところで醜態をさらした、という風に受け止められているようだった。

悪くない。さらに読み進める。

「へぇ」

ちなみに、俺も連れて行かれたいかがわしい秘密のクラブも摘発されたらしい。でしょうね、という感じである。未成年にあんな場所を用意するなよ……。

そのほかには、「ハーフェン村に突如、奇祭が誕生⁉」とか「市長室で明け方騒音。市長、近所迷惑を詫《わ》びる」とかそんな感じのほのぼのニュースばかりである。

「よしよし」

ほっと一息つく。

「ウルトス様、一応2紙目も用意してありますよ」と言われたので、2紙目にもさらっと目を通すことにした。

どうせ同じようなニュースばかり――

が、しかし、である。

その紙面には、こう文面が躍っていた。

『――騎士団失墜。半壊の騎士団』

「へ？」

唖然《あぜん》。一瞬、俺の脳内は完全に止まっていた。

が、

「いやいや」

ちょっと待ってくれ、と俺は思った。

リヨンの騎士団を率いる英雄のレインは、めっぽう強い男である。原作でも序盤からジーク君の父として、主人公の超えるべき存在として登場してくる。

終盤でももちろんその強さを保ったまま、というちゃんとしたキャラクターなのである。

それなのに、騎士団が半壊……？

俺は手の震えを押さえながら、新聞を読み上げた。

「ハーフェン村近郊で大規模戦闘が勃発。騎士団の約半数が負傷し、騎士団長レインも負傷。相手の男はたった1人で現在も逃走中。騎士団は、周辺付近の住民に注意を――」

見覚えのある単語が、紙面をにぎわす。

ハーフェン村近郊。たった1人の男。

俺は思った。あいつしかいない、と。

「あのペロペロ野郎……！」

原作で粉砕されるキャラクターが、なんでジャイアントキリングを起こしているのだろうか。

しかも、である。

「騎士団と戦闘を行った男は、正体不明の魔法を使用。

男は、『俺の後ろは渡さねえ！』『あの男に、あの瞳に俺は誓ったんだよぉ！』などと、背後に更なる黒幕がいると見受けられる言動をしており、これを受けて、騎士団リヨン支部は、本部へと協力を要請――」

「……お、終わった」

最悪だ。なんとあの剣舐《な》め男は、剣をペロペロするだけでは飽き足らず、俺の秘密までペラペラしていたらしい。

なんだよ。『俺の後ろ』とか、『あの瞳に』とか、やたらポエミーな感じで言いやがって。

しかも、

「き、騎士団本部も動き出すの？？？　ハハハハハ……」

思わず、乾いた声が漏れる。

「だ、大丈夫ですか？　ウルトス様」

リエラがそう聞いてくるが、全然大丈夫ではない。

騎士団本部は、王国全土に支部を持つ強力な組織である。基本的にギルドに忠誠心すら持っていない冒険者どもとはレベルが違う組織力を誇る。

つまり——絶対に眼をつけられてはいけない組織だ。

「それが、ジェネシスに眼をつけ始めている？？？」

最悪だ……。

「どうかされました？」

「そ、そうだね……」

俺はこの悪夢に別れを告げることにした。新聞をリエラに返し、頭からこの情報を消し去る。

「い、いや、なんでもないよリエラ。なんかもう……新聞はいいかな？」

「え？」ときょとんとするリエラ。

「情報収集はもういいのですか？　あと3紙くらいはありますけど……」

「いや、冷静に考えたら、情報だけになってしまうのも良くないかなって気がしてきたよ。うん。やっぱ頭でっかちって良くないよね」

前言撤回。

俺は、「じゃあ、手紙とかは来てない？」と手紙を読むことにした。

そう。新聞でわざわざメンタルを削られることはない。

たしか、両親も手紙を出すと言ってくれていた。温かい雰囲気の手紙で心をリフレッシュ——

「届いていますよ」と、リエラがニッコリ笑う。

「お？　いいね。１枚目から読もうか」

「ハイ、１枚目は、イーリス嬢からです」

「は？」

聞き間違いだろうか。なんでこっちを嫌っている令嬢の名前が？？？

「イ、イーリス嬢⁇」

「そうですが……」

なんで⁇

しばしの沈黙の後、やっと気を取り直した俺はリエラに聞き返していた。

「で、イーリス嬢はなんて？」

彼女は、位の低い男爵令嬢、と見せかけ、王室の血を引く地雷オブ地雷である。

たしかに見目麗しい美少女だが、正直、俺はこれ以上関わりたくなかった。

この前の暴言は許さない、とかいう苦情の手紙ならまだいいのだが……。

「え～と、ですね。先方は、先日のウルトス様の『妾《めかけ》にしてやる』発言ですね。これの真意について問いただしたい、ということらしいです。今度こちらまで来る、と仰《おつしや》っています」

「……え？　来るの？　今度？」

「来ますね。文面自体は低姿勢ですが、おそらく、完全に向こうはやる気満々か、と」

なぜか「ウルトス様が『妾にしてやる』とか変なことを言うから……」と、こちらをジト目で見つめてくるメイド。

ン。

「いやいやいやいやいや」

何故《なぜ》か、完全に関係が切れたと思ったのに、こちらに急接近しようとしてくるメインヒロイン。

そして、俺は今更ながら、ジェネシスとしての状態で会った時の彼女の、「やる気あります」という発言の意味がやっとわかってしまった。

「あ、あの時、『やる気が湧いてきた』とか言ってたのって、そういう……」

俺はあくまでも、「将来的に活躍できるよ？」みたいなノリでアドバイスを送っただけで、今すぐに、暴言を吐いた相手に楯突《たてつ》いてみろ！　なんてけしかけた覚えはない。

が、しかし、彼女の脳内では「もう一度、あの公爵家の息子、ウルトスと直接話をしてみよう」というところに落ち着いたらしい。

……もうめちゃくちゃである。イーリスがこちらに会いに来る？

困るに決まっている。

会ったとしても、俺は自分の血筋を知らない姫様相手に、どのように接すればいいのだろうか。

こちらが偉そうにしていたら、将来的な死亡フラグに近づいてしまうし、かといって、公爵家なのにこちらがへりくだっていたら不信感を持たれるだろう。

め、めんどくさい……。

ごちゃごちゃと色々考えた末——

「リエラ」と俺は晴れ晴れした笑顔で、呼びかけた。

「その手紙は……もういいかな……」

「え、いいのですか？」

「うん……もうお腹《なか》いっぱいかな……そ、そうだ!!! 次は？ もう1通は誰から？」

ウルトス様が乗り気じゃなくて良かったぁ、と胸をなでおろすメイドに向かい、次の1枚を要求。

「えっと、次はこれですね」

お、いいね。便箋自体もちょっと高級そうだ。これはついに、うちのご両親からの――

「市長のグレゴリオさんからですね」

瞬間。

俺はティーカップを置き、茶菓子も置き、魔力で身体強化をした。

すぐさま、高速でリエラの真横に立つ。

「きゃっ」と叫び声をあげるリエラ。

そのまま、スムーズに手紙に触る。特段危なそうな魔力は感じない。

ということはつまり……

「捨てよう」

「ええ⁉⁉ で、でもお手紙ですよ⁇⁇」

「絶対ゴミだから、うん大丈夫」

あの狂人からの手紙などゴミに決まっている。ゴミゴミ、絶対にゴミ。

「というか、燃やそう。なんかもう、盛大に燃やしといて」

「は、はぁ……」

と、リエラが燃やしに行く。

絶対にあの男からの手紙なんてろくでもない内容に決まっている。

どうせ「よくもやってくれたな」みたいな内容だろう。読む価値もない。

ふぅ、とため息をついた俺は、俺に休息と安寧を与えてくれるティーカップに手を伸ばした——

が、一息つく間もなく、頰《ほお》を紅潮させたリエラがすぐに戻ってきた。

「す、すごいです!!　ウルトス様の言う通り、手紙を火であぶったら別の文字が出てきました!!」

「…………良かったね」

圧力に負けた俺は、「さすが、ウルトス様……」と眼《め》をキラキラさせたリエラから、いやいや手紙を受け取った。

もはや嫌な予感しかしなかったが、手紙を開き、新しくあぶって出てきた文字を読む。

その手紙にはこう書いてあった。

「我が王よ——。貴方《あなた》様のギルド、貴方様の組織、『明るい夜《ヘレ・ナハト》』はすでに再び動き始めています。ご命令を。貴方様のためにすでに動き出す準備はできております。さあ、世の中に混乱と絶望を与えようではありませ――」

「ストップ」

手紙から目を離し、頭を抱える。手紙の文章は、はっきり言って意味不明だった。

まず、『我が王よ』という謎の呼びかけである。

一体いつからこっちがお前の上に立つことになったのか。

そして、『貴方様のためのギルド』とかいう最高に不名誉な称号だ。

一体、誰がいつ、闇ギルドのトップになりたい、と言ったのか。

「い、意味がわからない」

俺は恐怖した。

こいつは一体何を言っているのか。というかもう頭が痛くなってきた。

「でもすごいですよ!! 強大な闇ギルドを一夜にして下し、さらに配下に加えるなんて……ウルトス様。返事はいかがしますか!?!?」

「へ、返事は――」

考える。この難題をどう解決したらいいいか。

が、しかし。

「……い、いや、保留で」

俺は引きつった笑顔のままそう答えた。無理だ。考えが読めなすぎる。

なんなんだよ、一緒に『世の中に混乱と絶望を』って。

いつ俺がそんなことをしたい、と言ったのか？？？

理解に苦しむ。

結果、和気あいあいと「やっぱウルトス様はすごいんですよねえ」とうなずくリエラを前に、俺は絶句していた。

全然モブに近づけていない……。

せ、せめてもうちょっと明るいニュースを――

「そうだ!!!」

そして、俺はやっと思いついた。

「ジーク君はどう⁇　彼は元気に修業していた？？？」とリエラに尋ねる。

そう。

俺はハーフェン村に「盗賊の襲撃は大丈夫だった？」と領主の使いを出すついでに、隣のラグ村のジーク君の様子を見てもらえるように頼んでおいたのである。

原作通りであれば、もうすでにジーク君は旅の行商人から聞いた聞きかじりの知識で、血反《ちへ》吐《ど》を吐く修業を開始して――

が、しかし、リエラが発した一言は俺の予想を超えていた。

「あぁ、ジークさん、ですか。その人なら……引きこもっているそうです」

へ？

「ひ、引きこもり……？」

「はい。なんでもハーフェン村に襲撃があった夜に、何者かと交戦したらしく……負けたショックで引きこもっているそうです」

「…………………」

「どうか、されましたか⁇⁇」

え。ジーク君、修業始めないの？

いや、それって……それって……だいぶまずくないか？

「……だいたい、ジーク君じゃなくて、ジークちゃんっていう村の美少女じゃないですか」

「は、ハハハハハ……」

リエラが何事かぶつぶつ言ってたが、俺はそれすらも聞こえていなかった。

ガチャリ、と。

ふらふらと空気を求め、俺は窓を開けた。ムカつくほど穏やかな空だったが俺の内心は正反対だった。

なぜか知らないところで、俺の名前を出して大暴れする男・バルド。

なぜか知らないところで、やる気を出し、俺に急接近してくる訳アリ、メインヒロイン・イーリス。

なぜか知らないところで、俺に心酔し、一緒に世界征服みたいなことを持ちかけてくる敵キャラ・グレゴリオ。

そして、一向に動き出す気配がない原作主人公・ジーク君。

そんな俺の脳裏に、思い浮かんだのは、この前の「アンタは一生そのままさ」というエンリケの一言だった。

「いやいやいやいやいや」

俺は目の前の穏やかな雰囲気に誓った。

まさかそんなことになるはずがない、と。

これはちょっとした行き違いだ。

俺は、二度とジェネシスと名乗ったり、原作キャラと絡んだりしない。

そう、俺は絶対に、

「――18禁ゲーでモブになるんだから」

が、このときの俺はまだ知らなかった。

この先、二度と被《かぶ》らないと誓った仮面を何度も被る羽目になることを。

この先、二度と原作介入なんかしないと誓っておきながら、裏で暗躍を繰り返す羽目になることを。

そして、この先、モブになると誓いながらも、訳のわからないほど強者たちの戦いに巻き込まれていくことを。

このときの俺は、まだ知る由もなかったのであった――

あとがき

お疲れ様です。アバタローと申します。

まずは自分の妄想を素敵なイラストに昇華してくださったkodamazon先生。おそらく、だいぶ扱いにくかったであろう、自分&自分の原稿に丁寧なツッコミをしていただいた編集の村主《すぐり》様。

そして、ｗｅｂ版の頃より一緒に楽しく盛り上げてくれた読者の皆様。書籍版を手に取ってくれた皆様に、心よりお礼申し上げます。

面白いと言っていただけましたら、嬉《うれ》しいです。

またコミカライズも連載開始予定なので、こちらの応援もよろしくお願いします！

最後に、家族・親戚の皆さま。

自分の日頃の行いが悪いせいか、「小説書いているんだよね。今度本も出すし、実は作家なのさ」と言っても完全に冗談扱いで、残念な人を見るような目をされたり、「何か悪質な詐欺にだまされているのではないか？」と心配されていますが、このあとがきで言わせてください。

僕　は　本　当　に　作　家　で　す。

クズレス・オブリージュ

18禁《きん》ゲー世界《せかい》のクズ悪役《あくやく》に転生《てんせい》してしまった俺《おれ》は、原作知識《げんさくちしき》の力《ちから》でどうしてもモブ人生《じんせい》をつかみ取《と》りたい

著　アバタロー

角川スニーカー文庫　23918

2023年12月１日　初版発行

発行者　山下直久

発　行　株式会社KADOKAWA
〒102-8177 東京都千代田区富士見2-13-3
電話　0570-002-301（ナビダイヤル）

印刷所　株式会社暁印刷
製本所　本間製本株式会社

Printed in Japan　ISBN 978-4-04-114465-7　C0193

★ご意見、ご感想をお送りください★

〒102-8177 東京都千代田区富士見 2-13-3
株式会社KADOKAWA　角川スニーカー文庫編集部気付
「アバタロー」先生
「kodamazon」先生

[スニーカー文庫公式サイト] ザ・スニーカーWEB　https://sneakerbunko.jp/

本書は、2022年から2023年にカクヨムで実施された「第8回カクヨムWeb小説コンテスト」で特別賞・CW漫画賞（異世界ファンタジー部門）を受賞した「クズレス・オブリージュ～18禁ゲー世界のクズ悪役に転生してしまった俺は、原作知識の力でどうしてもモブ人生をつかみ取りたい～」を加筆修正したものです。